JULIUS STRANGER

O DONO DO MUNDO

Ediney Giordani

R. Doutor Goulin, 1523 Alto da Glória
CEP 80040-280 Curitiba-PR
(41) 3254-1616 e (41) 3558-8001
editorainverso@editorainverso.com.br
www.editorainverso.com.br
Facebook.com/editorainverso
Instagram @editorainverso

COORDENAÇÃO EDITORIAL / EDITORA
Cristina Jones

REVISÃO
Vanessa Correia

CAPA, PROJETO GRÁFICO E DIREÇÃO DE ARTE
Adriane Baldini

DADOS INTERNACIONAIS DE CATALOGAÇÃO NA PUBLICAÇÃO (CIP)
MONA YOUSSEF HAMMOUD – CRB/9ª.1393

G497j

GIORDANI, Ediney. **Julius Stranger: o dono do mundo.**
Curitiba: Editora InVerso, 2024
138 p. 15 x 21 cm PTBR
ISBN: 978-85-5540-369-9

1. Ficção científica. 2. Inteligência Artificial. 3. Tecnologia.
4. Viagem no tempo. 5. Romance. I. Título

CDD: 869.15

FICÇÃO CIENTÍFICA: 869.15
ROMANCE: 869

A quem é do bem.

Aos que ousam sonhar.

Aos que ousam agir.

Aos que ousam amar.

AGRADECIMENTOS

A minha esposa, Ana, porque ela pode, ela merece.

Aos meus filhos, Ana Júlia e Francisco, para que eles nunca se percam no passado do que poderia ter sido.

Aos meus colegas, que me incentivaram a seguir.

Aos familiares, mãe, pai e irmãs, que nem gostam de ficção científica, mas vão ler este livro para me agradar — e quem sabe passem a gostar.

Aos que duvidaram, e assim me deram ânimo para provar que estavam errados.

SUMÁRIO

CAPÍTULO I

DEPOIS QUE CONHECI VOCÊ

"Às vezes as menores coisas tomam o maior espaço em nosso coração."

Winnie The Pooh

ALGUMAS HORAS

Julius Stranger era o homem mais rico do universo conhecido.

Ainda que viesse de uma família pouco abastada, nunca lhe faltara nada e pôde estudar nas melhores escolas — parte por seu próprio intelecto avançado, parte pelo esforço de seu pai, John Stranger, que trocava trabalho por bolsas de estudo e materiais escolares.

À época do *high school*, Julius já se destacava perante os colegas, e o resultado foi que antes mesmo de terminar o primeiro ano, ele foi alçado ao MIT com direito a bolsa integral e salário para pesquisa.

Na universidade, a vida de Julius parecia um conto de fadas. Podia se concentrar nos estudos cem por cento do tempo, tirava boas notas e não tinha nenhuma preocupação com contas. Até que conheceu Karen.

Karen era o extremo oposto de Julius. Ainda que fosse razoavelmente inteligente, não parecia ter como estudar naquela Universidade — mas de alguma maneira acabou sendo aceita. A verdade é que ela era um mistério: sempre estava entediada nas aulas e mal prestava atenção no conteúdo.

No dia em que se conheceram, o mundo de Julius — e de todos os seres humanos — mudou para sempre.

Como um incêndio que arrasa florestas, os olhos de Julius brilharam quando viram Karen pela primeira vez. Era uma aula qualquer de Física Quântica, dessas que ele já decorara ainda no sexto ano. Tinha visto várias aulas como aquela, mas nunca uma beleza como a de Karen. Seus pensamentos foram imediatamente tomados pela aura encantadora daquela menina diferente que, percebendo os fulminantes olhares, se divertiu e mandou um "Olá".

Fora o "Olá" mais arrasador que Julius tinha ouvido na vida.

Alguém que estuda tanto, que sequer fez o *high school*, não tinha tempo de namorar, e Julius era, portanto, totalmente inocente na arte da conquista, ao contrário de Karen, que parecia muito mais experiente — as olheiras entregavam a noitada.

A partir daquele dia os números e as invenções perderam espaço na cabeça de Julius, que só tinha pensamentos para Karen. Ela, que havia gostado do jeito tímido e interiorano do rapaz, o convidou para sair. Um bar, uma bebida, uma passada no dormitório, e pronto. Estava consumado. Julius não iria mais se esquecer daquela noite.

Mas a vida, caros e desavisados leitores, não é algo escrito em manuais, e suas surpresas são o âmbar principal da existência, assim, na manhã seguinte, Karen saiu rapidamente, disse que iria para a aula de Geometria Aplicada. Ela deixou Julius na cama e correu… Ele nunca tinha visto ela querer tanto ir para uma aula.

Uma rua.

Um carro.

Uma distração.

O fim.

A notícia.

Karen estava morta.

O mundo não sabia, mas naquele momento seu destino tinha sido selado, e um homem cheio de dor e sofrimento seria o seu dono. Os acontecimentos daquele dia moldariam a humanidade e determinariam o seu futuro, tanto incerto quanto aterrador.

O DOMADOR

O que é, afinal de contas, um dia?

Apenas uma soma de horas e minutos que se repete? Uma fase da vida? Uma jornada?

Julius não tinha resposta para esse dilema que lhe acertara com força. Os dias perderam o valor para ele.

Já se ia um mês desde que Karen — a moça que ele mal conhecia, mas que amava com todas as forças do seu coração — partira para não voltar.

Se ao menos ele pudesse viver mais um dia com ela.

Ouvir suas histórias, descobrir o que fez com que ela lhe desse atenção...

Mas não, ela se fora para sempre.

Minutos, dias, horas, tudo empilhado, formavam uma conexão entre si. E isso por acaso era invenção? Era física? Era matemática?

O que era o tempo?

E se... E se houvesse um modo de domá-lo? Fazer com que andasse para frente ou para trás?

Uma máquina do tempo? Não.

As variáveis são tão subjetivas que apenas a tentativa já geraria muito risco para a vida.

Mas o tempo necessariamente tem uma relação com o que chamamos de dias e horas?

Julius não sabia, mas depois de um mês retornou às aulas no MIT com uma convicção: iria domar o tempo.

Quem "isso" pensa que é para determinar quando podemos ou não viver algo?

Falou com seus orientadores e pediu tempo para pesquisar o tempo. Lhe foi concedido, afinal, aquela mente não aprendera nada novo desde o primeiro ano.

O tempo.

Domar o tempo.

O tempo, aquele que deveria ser domado, passou.

Julius não saía de casa para nada.

Sua mãe e seu pai o visitavam vez ou outra para verificar como ele estava.

Não entendiam de que modo um romance de algumas horas poderia ter causado aquele efeito em Julius.

Tia Selma tinha certeza de que se tratava de feitiço, era preciso quebrar. Julius se divertia com aquilo e garantia que estava tudo bem.

Karen era a inspiração, é verdade, mas o trabalho já tomara o coração dele e virara obsessão.

Foi aí que o tempo, sempre rebelde e fugaz, decidiu demonstrar alguma docilidade.

Era 13 de dezembro. Um amigo — na verdade só tinham se visto algumas vezes na Universidade — o convidara para seu aniversário, mas ele não queria sair. Estava frio, a neve tomava as ruas e se acumula-...

Então, como alguém que lembra de comprar leite no final do dia, Julius teve a epifania.

Sim, ele conseguiria domar o tempo.

O CALENDÁRIO

O Natal se aproximava rapidamente e daquela data Julius não poderia escapar de modo algum. Teria que ir para a casa dos pais. Já sofria por aquilo.

Ele os amava, não há dúvidas quanto a isso, porém o trabalho tinha entrado em um estágio que envolvia excitação e alguns resultados bastante promissores.

Mas, e na vida sempre há um "mas", se divertia com o paradoxo quase infantil de que precisava de tempo para controlar o tempo. Era curioso que o tempo que passava com a família lhe fizesse falta, a despeito de querer justamente domá-lo.

Não fazia sentido.

Precisava descobrir como comprimir tempo em uma fita, um CD, um pen drive, uma nuvem, ou mesmo um vídeo do YouTube: pausar, avançar e retroceder.

Como?

O pai de Julius puxou a oração antes da ceia e isso o acordou de seu diálogo interno. Religiosa, sua família nunca deixara passar um Natal sem reunir todos. O jantar e os presentes também eram uma tradição, como em tantos lares, e aquela ceia jamais seria esquecida.

John Stranger costumava narrar histórias de sua infância e adolescência, e nesta ceia — como em todas as anteriores — ele falou do quanto gostava dos finais de ano em que os vaga-lumes apareciam em profusão. Ele e seus amigos aprisionavam os insetos em vidros para que a luz permanecesse por muito tempo sendo admirada por todos. Se aquilo fosse um desenho animado, uma lâmpada acesa teria aparecido acima da cabeça de Julius.

Era isso!

Claro. Era tão simples que parecia incrível alguém ainda não ter pensado na ideia.

Julius se despediu dos pais e do restante da família e voltou ao trabalho em sua casa. Já sabia como dominar o tempo.

Basicamente, Julius entendeu que o mundo, o universo, enfim, tudo que existe é um conjunto de prótons, nêutrons e elétrons dispostos em diferentes combinações que, assim, formavam diferentes corpos.

Sem novidades até aqui.

Mas a simples existência desses elementos já deixava uma "marca" no universo. Algo invisível, algo intangível, mas que estava lá.

Julius entendeu que para dominar o tempo teria que traduzir essas impressões temporais em algo que pudesse ser visto pelo ser humano. Não demorou muito.

Como pensou, simples!

Depois de noventa dias — nem mais, nem menos — o mundo mudou.

A frequência traduzida a partir da fórmula matemática de David Hilbert nada mais fazia do que transformar frequências zeta em uma espécie de sinal de TV aberta.

No dia 25 de março, às 16h43, Julius conseguiu sua primeira imagem:

Um casal que ele nunca tinha visto na vida, falando uma língua totalmente desconhecida por ele, discutia algum assunto aleatório. As expressões pareciam comuns, era o simples dia a dia de um casal.

A mulher usava um vestido branco, não muito volumoso, com rendas e babados; já o homem trajava um colete preto com camisa branca entreaberta, mangas enroladas e chapéu preto. Parecia uma cena de filme antigo, parecia uma casa humilde.

Ele não sabia quem era ou onde era, mas sabia quando era.

A cena que aparecia naquela espécie de TV mostrava um calendário e o ano era visível:

1911.

A MINA

Aquela mina tinha tanto ouro que a pergunta se fazia presente: como ninguém tinha se dado conta da existência dela antes?

Julius, havia adquirido a propriedade por um preço ínfimo. Quando comprou, olharam para ele com incredulidade, afinal, que idiota gastaria dinheiro com aquele pedaço de terra que Deus abandonou?

Algum tempo depois poucos dólares haviam se transformado em uma das maiores fortunas já vistas, e o dinheiro... bom, o dinheiro muda as pessoas, não importa quão boas ou más elas sejam, ele as muda, e com Julius não foi diferente.

Já não era o mesmo homem que há pouco mais de dois anos perdera o amor — que na verdade nunca teve.

Karen ainda era lembrada, é verdade, mas como um sopro, uma lembrança que embala pensamentos em uma tarde chuvosa, nada mais.

Agora, um problema novo, nada matemático, nada convencional, chamava sua atenção, ou melhor, chamava a atenção das autoridades.

Como Julius já antecipara, a "sorte" de encontrar ouro em lugar tão inóspito traria questionamentos, principalmente governamentais. Trouxe.

Em uma tarde de domingo alguns carros pretos, quatro no total, pararam na escada da nova mansão de Strange. Vieram buscá-lo para prestar depoimento em uma agência obscura.

Quando os agentes chegaram, Julius já estava na escada, com malas feitas, e ao vê-los simplesmente disse:

— Estou pronto.

Surpresos e confusos, eles nada disseram. Julius entrou no carro e foi conduzido para um prédio no centro da cidade, sem maiores explicações.

A sala em que foi colocado era ampla e fria, além de muito bem decorada com réplicas de quadros famosos, uma enorme mesa de escritório e algumas poltronas confortáveis.

Julius sentou e aguardou. Catorze minutos depois um homem de meia-idade, calvo, vestindo um terno barato e com uma expressão séria no rosto foi direto ao se dirigir a ele, que ao que parece agora era um investigado.

— Como você sabia a localização de todo aquele ouro?

— Eu não sabia. Comprei o terreno para construir uma casa e um laboratório fora da cidade. Como você sabe, eu sou um cientista, precisava de espaço. Foi sorte.

— O senhor espera mesmo que acreditemos que encontrar todo aquele ouro em um lugar isolado, longe da sua cidade natal, foi apenas um golpe de sorte?

— Eu não espero nada, essa é a verdade.

— Ok, vamos imaginar que isso seja a verdade. Como o senhor ficou sabendo desse rancho?

— Simplesmente acessei a internet e pesquisei um local com as características que queria, conforme te falei. Sei que o senhor já invadiu meu computador e viu minhas buscas, sabe que isso é verdade.

— Nós não invadimos seu computador, não poderíamos fazer isso sem uma autorização.

— Claro, Papai Noel me contou isso ontem.

— Não estou gostando do seu tom. O senhor está aqui apenas para averiguação, ainda não é investigado por nada.

— Então posso ir embora?

— Assim que eu terminar minhas perguntas.

— Mas eu não deveria ter direito a um advogado?

— Você acha que precisa de um?

— Sei que não.

— Vamos fazer assim, amanhã retomamos nossa conversa. Que tal eu lhe oferecer uma hospedagem aqui nas nossas instalações?

— Certo, já estou com as malas prontas.

— Mas como o senhor sabia?

— Foi um palpite.

— Mais um golpe de sorte?

— Pode-se dizer que sim.

Na manhã seguinte, ainda que tivesse passado uma noite agradável e saboreado um jantar refinado, Julius arrumou as malas para ir embora. Antes, porém, foi mais uma vez até a mesma sala para "conversar" com a mesma pessoa.

As perguntas se repetiram, assim como a insistência com o "golpe de sorte", mas nada além disso. O agente sabia que não poderia manter Julius ali por mais tempo. Afinal, ter "sorte" não é contra a lei.

Julius foi para sua nova casa e sentou-se em frente a sua TV antiga que, aliás, não combinava com o ambiente, pois parecia mais uma peça retrô do que um equipamento que de fato funcionasse. Pegou uma espécie de controle remoto, digitou alguns números e ali, naquela tela, o agente apareceu, vestindo o mesmo terno barato e com a mesma calvície brilhosa. Ele assistiu a cena que se passou após sua saída do prédio e ficou tranquilo. Teria alguma paz.

Depois da saída do "interrogado", Julius pôde ouvir em primeira mão como ele mesmo mudara. O agente comentava com seus pares que aquele homem arrogante com quem acabara de conversar em nada se parecia com o bom filho e aluno que levantara em sua investigação. A questão é que ser arrogante não era crime. Então ele apenas pediu que lhe avisassem caso o senhor Strange tivesse outro golpe de sorte, nada além disso.

Julius olhou para a tela como que atormentado e se perguntou se de fato tinha mudado. Inventou várias desculpas para si mesmo e se deixou levar por seus medos e pensamentos.

O PROCURADO

Cinco anos se passaram desde aquele depoimento e Julius já não era uma pessoa "encontrável". Governos de todo o mundo o tinham no radar, mas, como num passe de mágica, ele sumira. Era como se estivesse sempre um passo a frente dos demais. Algumas vezes "quase" o pegavam, porém o "quase" se perpetuava.

Suas contas bancárias eram esvaziadas dias antes de serem bloqueadas e suas posses eram abandonadas antes da chegada das autoridades.

Não havia como "pegar" Julius.

Seus pais garantiam manter contato com o filho e reclamavam publicamente perguntando o porquê de toda a perseguição. O que ele estava fazendo de errado?

Já era quase dezembro, pouco antes do Dia de Ação de Graças, os agentes do governo faziam campana na casa dos Stranger vinte e quatro horas por dia, sete dias por semana. Chamadas telefônicas, e-mails, mensagens de texto, tudo era monitorado com a mais alta tecnologia disponível, mas Julius não aparecia.

Era um fantasma.

Aquilo não poderia continuar, e pela primeira vez na história da OTAN houve uma reunião fechada entre os líderes das maiores nações do mundo. Não havia intérpretes, a tecnologia dava conta do recado. Além disso, o tema era sensível demais para sair daquela sala. O tema era Julius Stranger.

O INIMIGO PÚBLICO NÚMERO 1

Julius Stranger afetava a vida de todos os países daquela Organização e comandava a riqueza quase total de uma porção deles. Controlava a tecnologia e os instrumentos de defesa, era dono de indústrias bélicas e farmacêuticas. A bem da verdade, à simples vontade de Julius nações inteiras entrariam em colapso.

Naquela sala, as maiores nações nada mais eram do que meras reféns da boa vontade de um homem.

Como deixaram que a situação chegasse àquele ponto?

Após intensas deliberações, a conclusão era óbvia: o perigo real era Julius. Ainda que não fosse eleito, contava com a admiração popular, já que suas empresas ofereciam os melhores serviços por preços irrisórios.

Ainda que sua imagem não fosse conhecida, defendia puplicamente questões ambientais, distribuição de riqueza e outros temas pouco populares entre políticos e governos que gostariam de manter o povo sob rédeas pouco dóceis.

Alguns, diziam que ele tinha pacto com o demônio, outros afirmavam se tratar de um ET, falavam até mesmo sobre influência externa. Não importava o país, a forma ou a ideologia, todos afirmavam que Julius era um perigo e precisava ser detido.

Virou o inimigo público número 1. Precisava ser parado, agora!

Como primeiro ato, logo após aquela reunião de emergência da OTAN, declararam-no fugitivo da justiça. Para a pouca imprensa que ainda não estava nas mãos de Julius, diriam que ele estava envolvido com grupos terroristas, visando destruir o modo de vida das naçõesa. A partir daquele momento seria considerado um extremista. Os países também acordaram que, em busca de apoio popular, fariam uma série de atentados e atribuiriam a autoria a Julius. Como último golpe, pretendiam prender seus pais para que ele, enfim, aparecesse. Aquele casal era a única coisa com a qual o gênio se importava.

Evidentemente não era tarefa fácil colocar esses planos em prática e todos foram abortados antes mesmo de começarem a se desenrolar. O motivo era simples: um vídeo da reunião vazou para o público e para as redes comandadas por Strange. É claro que ele teve acesso à conversa com antecedência e a publicou no exato momento em que o encontro foi finalizado. Nem mesmo haviam chegado à portaria do prédio. Estavam atônitos.

Quem vazou?

Como vazou?

Olhares desconfiados, havia um traidor entre eles. Mas quem? Ninguém ganharia nada com aquilo.

Reuniões suspensas.

Por ora, os pais de Julius estavam salvos.

O próprio escrutínio público era um fiscal feroz.

Estava posto o veredicto popular: para a maioria, Julius era uma espécie de santo. Para outros, uma espécie de demônio — mas esses eram minoria.

Nos meses seguintes, paz.

Os moribundos planos dos governos falharam, um a um. A situação parecia um jogo de xadrez que não poderiam vencer e Julius parecia uma espécie de deus que conhecia tudo, antecipava tudo, e tinha respostas para perguntas que ainda nem haviam sido feitas.

Era impossível combater um deus que não aparecia, que não mostrava o rosto, que não buscava reconhecimento. Julius era um perigo simplesmente por não ter um objetivo único.

Não fazia amigos e, com exceção dos líderes, também não conquistava inimigos. Ao menos era o que Julius pensava.

O tempo passou e ele assumiu o controle de mais e mais empresas. Lucro não parecia ser um problema. Suas companhias nem mesmo ofereciam ações em bolsas de valores. Estavam em nome de terceiros que seguiam os planos do gênio-mor. Sabiam que de nada adiantava fazer algo que ele não quisesse, pois ele descobriria antes e tomaria as devidas providências.

O FILME

Se o dinheiro muda o homem, não tira sua inteligência. Algumas vezes a arrogância o cega, mas para isso ele tinha diversos alarmes que o traziam à realidade dos fatos.

Julius, o poderoso, tinha como premissa um filme. Sim, um filme. Mal lembrava o novo, mas o enredo estava na sua cabeça.

Nele, uma Terra totalmente doente era abandonada pelos poderosos, que criaram uma colônia luxuosa na órbita terrestre enquanto no planeta a violência, as doenças e o labor quase escravo tomavam conta. No final do filme, os terráqueos conseguem furar a bolha galáctica e se tornam cidadãos de verdade.

Essa era a lição que Julius trazia consigo: se buscava angariar a menor oposição possível, era preciso que condições de vida extremamente boas fossem acessíveis a todos. E assim foi feito.

A partir das empresas de Julius, a conexão com o mundo virtual alcançou cem por cento dos interessados. Dispositivos de acesso eram doados e quando o assunto eram as mensalidades — que variavam entre um e dez dólares, quase socialismo — quem ganhava mais, pagava mais, porém não mais do que dez dólares. Aqui surge o primeiro motivo de insatisfação de governos. Essas empresas não sonegavam nenhum centavo, mas com preços tão baixos, a arrecadação de impostos praticamente não existia. Quando resolveram taxar lucros, se horrorizaram ao descobrir que as companhias tinham uma margem de exatamente um dólar por ano, nem mais, nem menos.

Auditores de todo o mundo se debruçavam nas contas e nada. Não havia qualquer erro.

Construíam casas com a infraestrutura dos bairros mais abastados, porém com preços abaixo do valor dos menores apartamentos e parcelamentos. Não havia inadimplência, todos tinham medo de perder suas residências. Mas a verdade é que só havia um modo de ser expulso dos bairros Strange: brigar. Era uma utopia.

As mais de cem companhias aéreas de Julius ofereciam a tecnologia do voo supersônico por meio de combustíveis renováveis, a maioria movido a luz do sol e hidrogênio. Os voos eram baratos, estavam sempre lotados e a difusão de pessoas entre diferentes culturas promoveu a tolerância entre povos, afinal, se todos se conheciam, a estranheza deixava de ser um problema. Além disso, havia o fator "briga", já que ao causar qualquer tipo de transtorno em voos, o passageiro era banido por um período de dez anos.

Certa vez um juiz do estado do condado de Indianápolis foi retirado de uma aeronave e impedido de voar por uma década. Outro juiz, amigo do primeiro, declarou que aquilo era inconstitucional e determinou que a companhia recebesse novamente o magistrado expulso. A reação já tinha sido antecipada por Julius. Antes do veredicto, nenhum dos voos da companhia aérea havia voltado ao local. Julius distribuiu uma nota à imprensa e nas redes sociais informando que havia decretado a falência da empresa. Não que ela tivesse qualquer problema de caixa, mas preferia isso a abrir mão dos valores que carregava consigo, e a paz era o principal deles.

Revoltas eclodiram por todo os Estados Unidos. A população queria voltar a viajar de maneira rápida e barata. O tribunal do juiz expulso do voo foi vandalizado, o próprio juiz pediu paz. O ódio popular só acabou quando a sentença foi derrubada e um comunicado do presidente americano e do presidente da Suprema Corte deu garantias de que a decisão da empresa seria respeitada, afinal, constitucionalmente o poder público não poderia interferir nos negócios privados. Uma balela, mas funcionou.

Dez minutos depois, outra nota. Julius agradeceu ao governo e à corte. Lamentou episódios de violência e disse que a empresa voltaria a operar normalmente.

Com toda a tecnologia trazida por Stranger, combustíveis fósseis foram abandonados e indústrias foram modernizadas por patentes públicas que ele mesmo registrava.

O meio ambiente se recuperava, a xenofobia praticamente não existia mais e racismo se tornou uma palavra arcaica que, às vezes, precisava de dicionário para ser entendida. As pessoas nunca viveram tanto e com tanta qualidade, e o mundo nunca esteve melhor — assim como nunca esteve tão perto do seu fim.

Julius era um imperador, presidente, chanceler, marechal — ou como queiram chamá-lo — não eleito havia dez anos. Parecia que a paz havia chegado.

Assim ele pensou e assim de fato aconteceria se ele não tivesse caído em um armadilha inventada por ele mesmo.

CAPÍTULO 2

TUDO MUDOU

"Não posso passar meu sonho para todos. Se fosse assim, eu daria uma vara de pescar para cada um."

Emílio Morschel

SUICÍDIO

Já não havia como declarar Julius uma pessoa fugitiva. Oficialmente ainda era, mas o apoio popular gigantesco dificultava qualquer tipo de retaliação.

A população, ainda que nunca tivesse visto uma só foto de Julius, o amava. Graças a ele a maioria dos seres humanos contava com ao menos algum ótimo serviço pelo qual pagava preços modestos — quando pagava.

Stranger ganhava prêmios Nobel na Noruega, era "terrorista" na China e na Coreia do Norte, e fugitivo nos Estados Unidos.

Passados dez anos desde a reunião da OTAN, as autoridades se acostumaram com a "ameaça" Julius, e contrariando os principais medos das nações, não houve nenhum ato hostil nesse período. De fato, o estranho parecia genuinamente só querer o bem de todos.

Mas se há uma verdade universal de todos os tempos é que a mudança sempre se impõe e a falta dela incomoda.

Mais uma manhã de inverno começou em Londres, um rigoroso inverno. Apesar das baixas temperaturas que tomavam conta do país, ninguém morria de frio ou fome. A verdade é que, no novo mundo formado por Julius, somente não tinha moradia e emprego que não queria.

Tudo existia em abundância para todos e isso, acredite, tornou-se um problema.

Um sentimento de calma e acomodação se instalou na sociedade. Tudo era tão barato e de tão boa qualidade que as pessoas simplesmente desistiram. Não buscavam novas descobertas, não tinham ambição de novos cargos ou conhecimento.

Julius previu esse cenário e tentava mudá-lo, mas sem sucesso.

A população parecia não gostar da harmonia em que estava inserida. As pessoas começaram a se fechar em mundos vazios e solitários, e o resultado foi o esperado: o número de suicídios disparou, a maioria das igrejas fechou suas portas, e já não fazia muita diferença se você era cristão, judeu ou muçulmano, pois pouquíssimas pessoas buscavam a Deus.

Era um paradoxo estranho. Tudo que ansiavam, que costumavam pedir a Deus, lhes foi atendido em vida, mas não era suficiente. Nada parecia suficiente.

As escolas estavam vazias, não havia nem professores nem alunos.

Em todo o mundo começaram a surgir regimes totalitários, mas de um modo diferente. Como não havia protestos, os ditadores se impunham sem armas. Simplesmente ninguém se importava, e os usurpadores de cargo se apoiavam em poucas pessoas extremistas que queriam acabar com aquele estados das coisas.

Todos os cenários foram antecipados por Strange, que se viu em uma sinuca de bico.

Se por um lado conseguiu entregar à população um mundo muito melhor, por outro o povo, essa entidade sem gênero, não sabia conviver com isso. Os poucos palcos religiosos que restavam acusavam Strange de manter um pacto com o demônio, instigando seus fiéis a se abster dos produtos ou das facilidades entregues por ele, algo quase impossível. Parecia uma nova cruzada.

Em uma pequena comunidade na Virgínia Ocidental, por exemplo, alguns pastores incitaram seus fiéis a agredir os usuários dos serviços de Strange até que os demônios saíssem de seus corpos.

Pouco tempo depois o pastor foi preso, assim como alguns fiéis. O número de mortos vítimas de agressões chegou a vinte e um. Todos foram para prisões do próprio Strange, uma humilhação.

Nos cultos internos o líder religioso mudou sua retórica e afirmou que aquilo era um teste de Deus. Era preciso acabar com a própria vida para fugir do reino do demônio. Os sete seguidores do pastor seguiram o plano, o pastor, não.

O mundo não queria ser salvo. Se ao menos eles tivessem feito a parte dois daquele filme. Julius era um gênio, não havia dúvida com relação a isso, mas era solitário. Não tinha ninguém com quem dividir seus medos. Culpa dele também, se achava muito acima dos demais. Talvez se tivesse criado um comitê, um conselho, ou simplesmente parado para ouvir seus pais, lembraria do velho ensinamento árabe, um dos preferidos de John:

"Homens fortes criam tempos fáceis e tempos fáceis geram homens fracos; mas homens fracos criam tempos difíceis e tempos difíceis geram homens fortes."

Não demorou, Julius entrou em uma depressão profunda.

Assim como a maioria das pessoas, não tinha mais ambições. Era vítima da própria criação.

Por que salvar um mundo que não queria ser salvo? Se perguntava. Valeu a pena? Do que abrira mão por tudo aquilo? Haveria futuro? Os pensamentos povoavam a mente doente desse gênio solitário.

A depressão cobrou seu preço.

Não se manteve atento, ficava dias embebido nas lembranças de Karen, amando e odiando aquele momento, repassava cada uma da lembranças, cada olhar, cada toque. E como se quisesse finalmente ser pego, Julius cometeu uma série de erros, e numa tarde nublada de outubro, foi finalmente surpreendido por uma força de governo.

Era domingo, estava no Texas, Estados Unidos, em um rancho simples. Fora, finalmente, preso.

Teria muito o que explicar.

Não sairia dessa tão facilmente, ele sabia, porém, não se importava. Estava farto.

Era o fim…

ALÔ

Julia, uma carioca da Baixada Fluminense, tentou falar ao telefone com o filho e não conseguiu, o aparelho parecia mudo. Tentou uma mensagem de texto, mesmo resultado. Apelou para a internet, nada! Estava sem comunicação.

Matteo era o responsável pelo sistema de sinais de trânsito de Berna, na Suíça, e sua manhã estava um inferno como há muito não vivia. Os sistemas simplesmente pararam, era preciso enviar guardas de trânsito para organizar a cidade, mas não havia tanta gente assim disponível — com a baixíssima taxa criminalidade e a confiabilidade do sistema eletrônico, isso deixou de ser necessário. O caos estava instalado.

Ainda que considerassem Julius um criminoso, os equipamentos disponibilizados por ele eram bons demais para serem ignorados. A NASA era uma das muitas agências do governo que dependia desses dispositivos, mas naquela manhã eles não funcionaram. Anos de pesquisa estavam simplesmente inacessíveis.

Assim, o mundo todo parou por completo.

Até mesmo China e Coreia do Norte, que haviam propagandeado que não utilizavam sistemas de um "criminoso", estavam paradas, mostrando assim sua mentira e hipocrisia.

Nada funcionava e as consequências foram imediatas.

Como nos bons anos do início do século XXI, o povo foi às ruas protestar contra a situação. Protestavam contra Julius, os governos e as instituições. Queriam de volta as facilidades a que estavam acostumados. Lojas eram depredadas, a violência estava espalhada por toda parte, e não havia aparato policial suficiente para conter a fúria imprudente dos manifestantes.

Feridos começam a chegar aos hospitais, mas não havia médicos, equipamentos funcionando ou enfermeiros. O que existia era apenas uma estrutura física, lembrando as pessoas de quando ainda ficavam doentes e não havia cura ou esperança. Alguns estudaram sobre isso na escola.

O mundo estava pronto para sucumbir, em apenas uma manhã retornou ao século XX, mas dessa vez com requintes de crueldade: ninguém sabia como fazer nada.

Haviam se acomodado, não tinham conhecimento para qualquer coisa. Não sabiam sequer fazer uma fogueira para preparar um alimento, já que os fogões elétricos não funcionavam e a própria luz os abandonou.

Engenheiros aposentados, alguns com mais de cem anos, foram chamados às pressas, mas não havia muito o que fazer. Não conheciam aquela tecnologia. Era como se tudo dependesse de uma só pessoa. Mas como? Havia um botão mágico de ligar e desligar. Estava tudo em uma central?

O rancho em que Julius foi encontrado ficou desfigurado. Desesperados por uma solução, pelo tal botão mágico, reviraram o lugar de todas as maneiras. Nada. Só havia livros impressos — algo que ninguém usava mais, uma TV velha que parecia não funcionar, e móveis antigos. Só.

Sem computador, sem qualquer outro aparato eletrônico.

Talvez o homem fosse mesmo um tipo de deus ou demônio, pensaram.

A ONU e a OTAN procuravam Julius desesperadamente, aquele pandemônio precisava ter fim. Incentivaram os países a retirar quaisquer tipos de sanções ao homem, ele deveria deixar de ser alguém procurado. As coisas estavam piorando rapidamente, então a maioria deles aceitou a sugestão e fez convites públicos para que Stranger fosse até seus territórios.

Essa proposta veio até mesmo dos Estados Unidos que, em um jogo de cena, omitiram de seus parceiros que haviam prendido Julius, que o estavam mantendo sob custódia e que pretendiam segurá-lo quanto tempo fosse possível. Oficialmente ele seguia desaparecido, era agora alguém preso fora dos registros.

As acusações contra Stranger variavam dependendo de a quem se perguntasse, e passavam por roubo, participação em organizações terroristas, crime contra o sistema financeiro, enfim, ele praticamente zerava o código penal americano.

Em seu primeiro depoimento nem teve direito a advogados e apenas repetia uma pergunta:

— Que mal eu fiz?

O questionamento trouxe estranheza, pois também parecia uma interjeição.

A maioria dos investigadores ali presentes morava em uma das casas de Julius, utilizava o celular e a rede de internet de Julius, e tinha uma certeza: aquele indivíduo na frente deles parecia apenas mais um homem, não o maior de todos, não o dono do mundo.

A porta se abriu de repente e o próprio presidente dos Estados Unidos, junto a seus generais mais próximos, entrou na sala de depoimento. Sem rodeios, ele exigiu:

— Traga de volta os serviços! Agora! Já!

Julius olhou para ele e novamente indagou:

— Que mal eu fiz?

CADILAC

Havia mais de seis horas que o Presidente estava tentando tirar informações de Julius, a essa altura já suplicava pela volta dos serviços e se via em um beco sem saída.

Ou libertava o homem que estava ali na sua frente, ou o caos seguiria instaurado. O problema é que fazer isso não garantia nada. Não havia qualquer garantia da volta dos serviços, de que ele não sumiria novamente, ou pior, de que não denunciaria o próprio país perante seus parceiros.

Certamente as ações americanas seriam responsáveis por todo o caos, a decisão não era fácil.

James Hilton era veterano do exército e fora eleito três anos antes com a promessa de tirar os EUA da dependência de um "criminoso" procurado. James, na verdade, nem tinha nada contra Julius, apenas encontrou a oportunidade ideal e o público certo.

As teorias se multiplicavam: Julius era o próprio Lúcifer, filho dele, o anticristo!

Todos viam em seus equipamentos ou nele próprio a marca da besta. Vídeos mostravam falsos pais de Julius como líderes de uma seita satânica que buscava fiéis para o propósito do diabo. Hilton não era nem Republicano nem Democrata, essa divisão já estava fora de moda há muito tempo, mas pela primeira vez alguém de fora conseguiu ganhar a eleição.

Os generais opinavam:

— Solte!

— Mantenha-o preso!

— Torture.

A situação se complicava.

Julius estava fora do sistema convencional, então, em tese, ele nem poderia estar ali. Ademais, o homem nem parecia tão forte assim e o mistério permanecia: como aquele indivíduo poderia ser o "dono do mundo"?

— Arrependido? — perguntou o presidente.

— Do que, exatamente? — respondeu Julius.

— De não ter se entregado antes.

— Não. Eu nem estava fugindo.

— Como não?

— A incompetência de vocês para me encontrar não quer dizer que eu estivesse fugindo.

— Senhor Strange, entenda nossa situação. Nós não podemos deixar que alguém comande tantas coisas e defina como as pessoas vivem.

— Eu pensei que a liberdade era...

De repente a porta se abre com força.

— Senhor, permissão para falar — diz o agente do exército.

— Fale, soldado.

O homem de dirige ao presidente e fala ao seu ouvido. O filho de Hilton, James Hilton Jr., havia sumido.

Um bilhete escrito à mão chegou ao serviço secreto, a letra era típica de quem não escrevia com frquência, afinal, quem escrevia naqueles tempos? A mensagem no papel dizia que garoto seria morto caso os serviços não voltassem a operar.

O presidente estava acuado.

Era claro que aquilo não era armado por Julius, ele não poderia saber que o presidente estava naquele local naquela hora, estava preso fazia algum tempo. Isso só poderia ser obra dos agentes do próprio governo ou dos militares.

De repente o presidente foi tomado pelo terror. Estava cercado. Era um comandante sem exército, ou pior, com conspiradores que juravam lealdade.

Hilton, pediu para todos saírem, e sob protestos dos assessores mais próximos desligou qualquer meio de comunicação, sentou ao lado de Julius e sussurrou.

— Quer sair?

— Quero.

— Ligará as comunicações?

— Talvez. Não sei se devo.

— Só te libero se prometer.

— Talvez não deva me liberar. Aqui não sou um perigo para ninguém.

— Então faça o mundo voltar a funcionar e passe o controle para as minhas mãos.

— Não posso. Tudo é grande demais para um governo. Você se corromperia. Eu mesmo fiquei próximo disso.

— Meu filho corre perigo. Me ajude.

Stranger olhou horrorizado para o presidente. Não entendia o que aquilo queria dizer, mas sentiu naquelas palavras não um pedido, mas medo. Alguém com muito medo de perder quem ama.

Reconheceu o sentimento.

Era íntimo dele. Lembrou dos pais. Estavam seguros, mas até quando? Naquele momento odiou a si mesmo e o momento que fez a maldita descoberta. Uma máquina de probabilidades reais. Que diabos...

O futuro em uma tela podendo ser corrigido, o passado em um livro sem censura. Era poder demais. Julius começou a falar:

— Me libere. Quero um carro século XXI, desses que tem no museu. Quero sua garantia de que não serei seguido. Saiba que provavelmente nunca mais me verá. Não me deixarei ser encontrado de novo. Essa é sua última chance de me prender, e essa decisão moldará o futuro. É a única coisa que posso afirmar. Sou do bem. Quero o bem. Infelizmente a maioria de nós nunca está satisfeita com tal intento, por isso, há distúrbios.

"Quando chegar ao meu destino, quando estiver longe e seguro, religarei tudo. Mandarei uma mensagem ao mundo com alguma desculpa esfarrapada, tentarei diminuir as coisas ruins ao máximo. Só não sei se terei sucesso."

— Vá!

Um Cadilac 1958 que estava parado no Museu de Espionagem foi o veículo que o dono do mundo usou para ir embora, quando foi visto pela última vez. Até houve uma tentativa de segui-lo com drones, mas Julius não era pessoa que se deixava ser seguida.

Virou em uma curva, entrou em um prédio, passou para outro. Não foi visto saindo.

Às 21h33, horário de Washington, DC, todos os serviços de todo o mundo voltaram à ativa, em pleno funcionamento. As multidões se acalmaram e foram para suas casas.

Era hora de contar mortos e feridos.

Era hora de governos se explicarem.

Era hora de Julius preparar seu próximo passo.

Sabia que estava confinado em uma prisão sem grades que ele mesmo havia construído. A realidade o assombrou.

Humano que era, poderia morrer a qualquer momento. Sabia mais ou menos a partir de quando não estaria mais na tela, mas também sabia que, quando as coisas saíam do rumo, como o que aconteceu quando foi capturado, tudo poderia mudar.

Mudaram?

TIQUE-TAQUE

O mundo não é coisa fácil de ser moldada, é preciso levar tantas variantes em conta que as próprias variantes mudam no caminho, fazendo com que não haja contas certas.

Certa vez, quando Julius era apenas um menino de oito anos, pediu ao pai uma bicicleta de presente. Era algo meio antiquado, até mesmo para o seu tempo, portanto, era caro. Ainda assim o pai lhe prometera, mas com duas condições: ele teria que manter o quarto arrumado e o quintal limpo.

Durante cinco meses tudo foi como o combinado. Julius tinha cuidado, e algumas vezes até evitava brincar para não bagunçar nada.

Um dia, James, seu primo, que não tinha nenhum compromisso firmado, não tinha qualquer acordo, transformou o quarto de Julius na central mundial da bagunça. Seu pai viu e nada falou, esperava o momento oportuno.

Quando James se preparava para ir embora, o pai de Julius o lembrou do compromisso.

— E o quarto?

— Ah, pai, depois o James me ajuda.

— Eu não vou ajudar, estou cansado — retrucou o outro menino.

— Então também não vou arrumar, não é justo.

— Não venho mais brincar aqui.

James foi embora sem arrumar o quarto. Julius, se sentindo traído, também não arrumou, achou que o pai compreenderia a injustiça da situação e não o castigaria.

Não castigou.

Mas também não deu a bicicleta.

Julius ficou com um profundo ressentimento. Primeiro do pai, a quem atribuía um laço de injustiça. Depois de James, que, segundo pensava, era um traidor e não o ajudou. Não confiaria em mais ninguém.

Não confie em ninguém.

O tempo avançou oito meses desde o caos e da prisão de Julius. Agora, o gênio estava focado, novamente motivado, se perguntando o que seria do futuro. Não poderia nem queria viver para sempre.

Fracassara em inventar uma máquina do tempo para dizer a si mesmo que não fizesse nada daquilo. Também havia a questão inexplorada no reflexo temporal transverso.Um termo que ele mesmo inventou para exemplificar coisas que poderiam mudar pelo simples fato de serem tentadas.

Era mortal.

Tique-Taque.

O tempo voa.

Julius já tinha novamente uma boa noção de quando seu tempo na Terra chegaria ao fim. Estava razoavelmente confortável com os dezoito anos que lhe restavam. Nunca teve coragem de ver o que lhe acometeria, somente sabia da data por aproximação, por não encontrar mais a si mesmo em uma determinada faixa de tempo.

O que fazer com o poder que tinha nas mãos?

Ele não poderia deixar uma inteligência artificial no comando, já tinha visto esse futuro e ele não era nada bom para a humanidade. Lembrava também dos livros de Asimov, e tinha medo.

Ainda pior que essa possibilidade, era entregar o "poder" à administração pública. Já tinha simulado esse desenrolar com diferentes governos no comando e todos se corrompiam ou cometiam erros tolos que levavam toda a humanidade à derrocada.

Precisava pensar,

Tique-Taque.

O tempo voa.

O carro voava sobre nuvens, e de repente uma chuva de post-its caía sem parar. Neles, apenas uma pergunta:

“Por que não me avisou?”

Tentava responder, mas já não estava no carro. Agora lia um antigo jornal com um recado de alguém procurando outro alguém. ficava exasperado, o grito não saía.

Acordou.

Tinha a resposta para a sua questão. Viajar no tempo não era possível, ele já sabia, mas e se o reflexo temporal transverso pudesse viajar? Não ele, exatamente, mas um pensamento. Não uma pessoa, mas uma mensagem.

A questão era arriscada, afinal, poderia tentar mandar uma mensagem para o futuro e isso não trazer consequências, mudando uma coisa aqui e outra ali e “arrumando” a questão, mas caso tivesse sucesso, o que seria do futuro?

E se a mensagem chegasse errada?

O que isso significaria?

Precisava testar a hipótese, poderia ser uma saída.

Sentiu-se, naquele momento, como o Frodo em seu momento de glória. Conseguiria abrir mão do anel?

A CHUVA

O plano era simples: tentaria enviar para si mesmo no passado um pedido: guardar um dólar no cofre de um banco. Apenas isso.

Era perigoso, Julius tinha noção disso, mas somava um mais um e o resultado seguia sendo dois, pelo menos era o que pensava. Para ser sincero consigo mesmo, ele sabia que alguma coisa iria, sim, mudar, afinal, o cofre não seria alugado para ninguém e aquela nota de dólar deixaria de circular.

O que ela não compraria? Quem ficaria sem?

Tentou, é verdade, encontrar uma nota que não tivesse pertencido a ninguém, pensou em até falsificar uma, deveria ter feito.

No banco, que lhe pertencia, procurou por um cofre nunca alugado, mas não conseguiu encontrar, os registros não existiam.

Era o risco a ser assumido. Valeria a pena? Descobriria rapidamente que não.

Havia muitos outros riscos envolvidos, entre eles sua versão no passado simplesmente pensar estar louco. Nesse caso, uma linha de pensamentos e ideias significativas iria se perder, e o reflexo temporal transverso se apresentaria de maneiras que não poderiam ser previstas.

Simplesmente tudo, a partir do momento do envio da mensagem, poderia deixar de existir. Sumir, melhorar ou piorar.

Era arriscado, talvez arriscado demais, mas não fazer nada também era. Não tinha mais dúvidas. A simplicidade do plano era sua fortaleza, conhecia a si mesmo razoavelmente bem para saber que a chance de enlouquecer era pequena.

COMEÇARAM OS PREPARATIVOS

Funcionava de maneira pouco ortodoxa, afinal, iria mandar a mensagem para o universo e qualquer pessoa com a mesma frequência poderia acessá-la, por isso, a ideia do dólar basicamente não acarretaria mudanças drásticas, ainda que outras fontes pudessem captar a mensagem.

Há muito tempo já tinha descoberto que o universo e seus acontecimentos de tempo e espaço estavam interligados. Em resumo, tudo que já aconteceu ou que ainda acontecerá é composto por vibrações constantes que, decodificadas da maneira correta, se transformariam em imagens entendíveis aos olhos humanos.

Sabendo que o tempo não obedecia à ordem cronológica preconizada por nós, quando a mensagem do dólar fosse jogada para o universo, se misturaria com as outras infinitas, então, o plano consistia em enviar o recado e deixar que ele fique disponível sempre. O Julius de todos os passados, assim como o do presente, e também o do futuro, veriam a mensagem e poderiam codificá-la, mas somente um deles tomaria uma atitude: o primeiro a receber. Os demais já teriam a lembrança desse acontecimento, por isso, descartariam a execução da tarefa.

À noite, às sete horas e onze minutos, foi o momento do envio da "ideia" cósmica. Não tinha nenhum caráter simbólico, foi simplesmente o horário em que tudo ficou pronto. Terminou, enviou. Simples assim. A data também era importante e, de novo, apenas coincidência: era aniversário do seu pai. Um jantar, como de costume. Conversas sobre sua vida... Cadê o casamento? O filho? Até era possível, e Julius já tinha pensado nisso, fazer uma playlist com as respostas. Mesmas perguntas, mesmas respostas, pensava, divertindo-se.

Filé-mignon com molho de mostarda, arroz, vinho. Esse era o cardápio da noite. Uma maravilha gastronômica que seu pai fazia muito bem. O papo se prolongou e pouco antes da meia-noite Julius se despediu carinhosamente do casal. Já tinha visto que eles não estariam ali por muito mais tempo. A mãe, alguns anos, já o pai, estaria na Terra por mais tempo do que o próprio Julius.

Passava pouco do horário em que Julius deixou a casa dos pais, a estrada estava tranquila, no carro uma música antiga, *Humble and Kind*, de Tim McGraw. O pai de Julius afirmava que essa música valia mais do que qualquer educação que ele pudesse lhe dar.

De repente, uma folha.

Duas folhas...

Uma infinidade de folhas.

Julius para o carro, abre a porta, olha pra cima, e sente um pavor genuíno.

Ele reconhecia aquelas folhas. Eram notas de um dólar. Não podia ser outra coisa. Estava, simplesmente, chovendo dólares.

A noite seria longa, ele sabia disso.

Os locais do mundo que já estavam iluminados pelo sol não conseguiam entender o que era aquilo. A polícia tentou isolar áreas ou evitar que as pessoas pegassem o dinheiro, mas percebeu que era inútil. Chovia em todo lugar, havia dólares em todo lugar, incluindo países que não operavam com o dólar ou que eram detratores dos americanos.

Brigas aqui e acolá se somavam. O pai de Julius ligou.

— Isso é coisa tua?

— Vou consertar.

Todos se perguntavam o que estava acontecendo. Aquilo seria coisa de algum bilionário excêntrico?

Lentamente, o mundo entendia que não era um local específico que havia recebido a tal chuva de dólares. Todos os lugares, mares, ilhas, casas, ecampos foram atingidos.

Havia dólar para quem quisesse catar. Era impossível calcular.

A chuva vinha e voltava.

A cada vez, durava cerca de um minuto, não mais do que isso.

Algo novo acontecera.

Algo que não pôde ser previsto, nem mesmo por Julius Stranger.

CAPÍTULO 3

E NADA FOI COMO ANTES

"Todos pensam em mudar a humanidade, mas
poucos pensam em mudar a si mesmos."

Liev Tolstói

COMO?

Sempre temos certeza de quem somos?

Somos capazes, por exemplo, de saber como reagiríamos a uma situação antes mesmo de ela acontecer?

A resposta comum é "sim". A resposta certa é "não".

Quando Julius decidiu colocar aquela nota de dólar, aquela única nota de dólar no cofre, seu pensamento, ainda que não manifesto, já tinha bolado um plano, e ele era simples.

Se a mensagem do dólar funcionasse, ele pararia a si mesmo, nunca inventaria a máquina. Escolheria ter uma vida.

O dólar foi apenas um teste.

Diz a filosofia que um mesmo homem não pode tomar banho em um mesmo rio duas vezes, pois ambos mudaram no momento em que o tal banho terminou. Nada poderia ser mais verdade. Julius não contou com um adversário absolutamente insólito e praticamente invencível: ele mesmo.

Ao disparar a mensagem para o universo, pensou no Julius do presente, com experiência e vivência suficientes para saber o significado daquela ação, mas esqueceu dele mesmo no passado. Daquele homem simples, apaixonado, quase ingênuo, benevolente e que buscava ajudar a todos.

Quando o Julius de quinze anos recebeu a mensagem no passado, a entendeu de maneira extremamente diversa. Pensou se tratar de um conselho do futuro, algo como "e se todos tivessem acesso a dinheiro?".

Ele não sabia.

Como poderia saber?

O erro de Julius lhe custaria muito.

Quando acordou, depois de poucas horas de sono, tudo havia mudado. Não sabia exatamente o que era, mas o arrepio que sentiu denunciou a situação; nem sabia explicar, mas havia uma sensação estranha no ar.

Se levantou e viu o caos.

Pessoas correndo, gritando e se agredindo por dinheiro. Ficou atordoado. Não era um sonho ruim, aconteceu de verdade. Tudo parecia confuso, como aquilo era possível?

Tinha ido longe demais?

Não poderia desfazer, era tarde demais. Era?

Precisava fazer alguma coisa antes que... o quê?

Nunca conseguira manifestar o futuro em forma física, isso nem mesmo é possível, não por qualquer lei conhecida, então...como?

Mas, como?

Como?

A cabeça doía, fazia ano que não se via perdido.

A máquina provavelmente poderia lhe ajudar a ficar mais calmo ou tranquilo, mas não valia o risco tentar, era absolutamente inusitado. O jeito era voltar ao trabalho, ou começar o trabalho, não sabia o certo.

Aquilo, de verdade, não existia.

Era hora de se recolher novamente. Talvez a tia Selma tenha razão, se não existe é bruxaria.

SEM LICENÇA

Chovia dinheiro, era ridículo. É ridículo até de pensar, mas chovia dinheiro, simples assim.

O caos da manhã tinha mudado.

Antes as pessoas se matavam por dinheiro, agora o problema era o excesso dele. Notas caíam do céu intermitentemente, sempre em chuvas de um minuto, mas era muita grana.

Alguns carros já estavam submersos. Havia fogo em todo lugar.

Governos se apressavam em dizer que aquele dinheiro era falso, ataque de uma nação inimiga para desestabilizar a economia do mundo todo.

Em poucas horas um decreto anunciou que as notas de um dólar não tinham mais valor.

Mais revolta.

Os que conseguiram depositar o dinheiro antes de a lei ser promulgada estavam, em tese, garantidos, mas os demais queriam o benefício. A verdade é que estavam todos perdidos e o problema seguia, continuava chovendo dinheiro.

Guarda Nacional, exército, agentes de trânsito, quem estivesse disponível foi para frente dos bancos para conter o tumulto. Ainda assim era pouca gente e o caos reinava.

Quebra-quebra. As pessoas queriam que suas notas tivessem valor. O governo simplesmente não podia atribuir valor a elas, não havia lastro, a economia iria quebrar.

E a solução?

Ninguém tinha. O governo, novamente, procurava por Julius. Esse já havia mandado uma mensagem enigmática:

"Procurando solução para algo que nem deveria existir."

Na internet as teorias de conspiração se proliferavam.

Alguns diziam que Deus estava punindo o ser humano pela ganância. Outros afirmavam que aquela era a prova irrefutável de que, ao contrário da mentira propagada há milhares de anos, a Terra era plana, e não redonda. Havia alguns que relembravam um antigo sucesso do cinema,

Matrix. No filme, a humanidade vivia em uma grande ilusão criada por computadores, nesse caso, a chuva de dinheiro era apenas uma "falha na Matrix".

SENHOR, PRESIDENTE.

Samus Davidson era engenheiro sênior da NASA há mais de vinte anos.

Ela já sabia que o dinheiro não vinha do espaço, não vinha da estratosfera e também não vinha de aeronaves. As notas simplesmente apareciam a cerca de dez mil pés. Não havia uma explicação que pudesse ser dada:

— Senhor, o presidente está na linha — avisou a secretária.

— Diabos com o presidente.

— Eu estou na linha Davidson — avisou o presidente.

— Desculpe, senhor, estamos sob muita pressão.

— Ok, o que tem para nós?

— Nada, senhor. Absolutamente nada. O dinheiro aparece do nada.

— Mas isso é possível?

— Em tese, não; mas como estamos vendo durante todo o dia, sim.

— Temos como parar?

— Não tenho essa resposta. Em tese, novamente, seria preciso uma grande quantidade de fogo lançado continuamente, algo insustentável.

— Qual a sua sugestão?

— Vai parecer tolo, mas o senhor se lembra do Projeto *Book Back*?

— Não posso falar sobre isso. Mas qual é o motivo da pergunta?

— Então, senhor, essa situação me lembra vagamente o caso Cameron.

Cameron Presley Yard, um jovem recruta de dezenove anos, tinha entrado no exército porque precisava de emprego, a família enfrentava dificuldades financeiras. Sempre fora ágil e era o soldado ideal para o projeto experimental *Book Back*.

O nome só era "sonoro", como argumentava Linda Harrison, mulher alta, morena e de um sorriso inconfundível, mas que confundiu a mente de Cameron que não conseguiu dizer um "não" a ela.

Linda estava no exército havia alguns bons anos. Ainda era atraente, mas não sustentara a beleza de outrora. Desde muito cedo era tida como a menina prodígio. Sua inteligência chamou a atenção de professores, de faculdades, do FBI e depois do exército.

As informações eram confusas. Dizem que ela era da força desde os treze anos, mas parece impossível. Será? O fato é que ela era alguém com quem não se queria mexer. Era poderosa e sabia disso. Nem mesmo os superiores tentavam domá-la, era impossível; parecia paranoica, essa era a verdade.

Quando começou a trabalhar no Projeto *Book Back*, ele basicamente consistia em entender as diversas peculiaridades entre as dimensões. Nada de ficção científica, apenas a primeira, segunda e terceira dimensões já conhecidas pela ciência.

Linda podia até ser áspera e direta, mas era uma mulher. Tinha seus casos aqui e ali, o que lhe rendera outro apelido: viúva negra. Não que ela matasse alguém, simplesmente os descartava, sumia.

As lendas se somavam. Quantos já tinham ido para o lixo da viúva negra? Ela sempre dava maior atenção para os jovens recrutas e Cameron era um deles.

Vindo de família humilde, o rapaz jamais conhecera uma mulher como Linda. Bonita, inteligente, independente. Ela simplesmente tinha suas próprias regras e não dava a mínima para o que os outros pensavam.

Cameron não teve chance, se apaixonou. Linda até achou graça daquele olhar tímido e divertido.

Cameron se tornou um amante à moda antiga. Aparecia vez ou outra, sempre que Linda chamava. Naquele dia 10, ela chamou.

— Cameron, preciso te pedir algo — disse Linda, vestindo apenas uma camiseta surrada.

— Você não pede nada — respondeu Cameron.

— Amanhã, no *Book Back*, vou tentar algo novo, mas não aprovado pelo General. Quero que você participe.

— É perigoso?

— Eu jamais colocaria você em perigo, Cameron — respondeu e o beijou.

— Ok. Por que não é aprovado?

— Burocracia. Esses caras só sabem lidar com regulamentos, e não com ciência.

— O que vai ser?

— Vou tentar ajustar a máquina para que você consiga ver algo na quarta dimensão. Só isso.

Enquanto mentia para Cameron sobre os perigos do experimento, Linda também pensava em quanto ganharia se conseguisse sucesso, ainda que não tivesse licença para executar nada. Já não era um expoente entre a chefia e a geniazinha, tinha crescido e envelhecido, logo esses adolescentes chegariam e ela perderia poder.

Cameron saiu do apartamento de Linda por volta das quatro da manhã, tinha que voltar antes que a chamada acontecesse, às seis, e com sorte o Coronel não teria notado sua falta.

Não notou.

Pouco depois, às cinco da tarde, ambos se reencontraram, dessa vez com cumprimentos formais no Centro de Pesquisa e Estatística do Cerne B1.

O dia estava estranho, a cápsula de observação de dimensões insistia em não abrir. Uma chave, outra chave, e nada. Ela se negava.

Linda estava mais agitada do que o normal. Conhecida por seu humor terrível quando algo não saía como ela planejava, não tirou os olhos da tela e gritava com a equipe.

Cameron esperava sua vez, queria dar um beijo de boa sorte, mas sabia que não podia.

Ela era a chefe; ele, o empregado.

Depois de muita insistência, uma nova chave, enfim a cápsula abriu. Cameron entrou e o que se seguiu é segredo de estado para todos os presentes.

Após ajustar a máquina para protocolos não autorizados, Linda apertou o imponderável. A tecla enter os levou a lugares inimagináveis, e também colocou fim a uma vida.

Após o enter, luzes começaram a piscar aqui e ali.

Não lâmpadas, luzes.

Não em locais específicos ou com energias específicas, mas em vários locais.

Apareciam e desapareciam.

Todos encantados, assustados, e de repente uma voz lembra de algo.

— Cameron!

Onde estava Cameron?

Ele havia sumido.

Simplesmente, sumido.

A CELA

Já havia trinta dias que chovia dinheiro. Um dólar, agora, sem valor.

Governos por todo o mundo organizaram equipes que, divididas, amontoavam dólares e queimavam a grana como podiam. Movimentos ecológicos até tentaram protestar no começo, afinal, a fumaça das fogueiras e as cinzas tomavam as cidades, mas na falta de ideia melhor ou de capacidade para reciclar tudo aquilo, desistiram.

A pergunta seguia: como tudo aquilo era possível? Julius não sabia, e não era por falta de tentar.

Já não parecia um ser humano. Tomado pelo horror do que fizera, virava noites empenhado em acabar com aquela situação. Não tinha coragem de tentar mandar outra mensagem.

Pensou em mandar um simples "Pare!" ou "Não faça!", mas a variável de consequência era tão absurda que ele desistiu.

Tinha medo.

Revirava o passado em busca do momento exato em que tudo deu errado, mas, sem saber para onde olhar, ficava desorientado. Era tempo demais para ver.

Estava, talvez pela primeira vez, perdido.

Conforme prometera depois de sua "quase prisão", manteve contato com o presidente, mas mentiu, disse não saber o que estava acontecendo. O governo insistia que eles trabalhassem juntos, e Julius relutava. Poderia ser orgulho, ou mesmo honra, enfim, não sabia ao certo o que era, mas não se sentia pronto.

Afinal, ele mesmo fez aquilo? Não conseguia entender como.

Parecia um pesadelo do qual não conseguia sair.

Continuaria a trabalhar. Já pensava em inventar uma máquina do tempo. Até chegou a tentar num daqueles momentos em que se está tão cansado que o desespero domina as ações, mas desistiu, ou caiu de cansaço, não lembra. Sempre soube que não era possível, começou a ver fantasmas. Estava cansado.

A chuva de dólares era inusitada, com certeza, mas nada poderia prepará-lo para o que a vida lhe reservava.

Depois do sumiço de Cameron, a vida de Linda virou de cabeça para baixo. Via-se cercada por fantasmas, e não, não é figura de linguagem, ela literalmente ouvia sussurros de Cameron. Talvez fosse a mente aturdida, talvez fosse o arrependimento, ou talvez ela simplesmente tivesse enlouquecido, não sabia.

O fato é que estava presa, sem perspectiva de uma sentença ou direito de defesa.

Quando entrou, ela sabia que o projeto era secreto, então, oficialmente, ele nunca existiu. E se nunca existiu, como ela poderia ser condenada ou inocentada por algo? Ela mesma não existia. Linda nem era seu nome verdadeiro, então, como reclamar? Como protestar? Ela era um fantasma. Existia mesmo? Conjecturava consigo mesma.

Porém, o governo pensava diferente. Assim, ela estava condenada até sabe Deus quando. Talvez para sempre.

Só ouvia o sussurro em sua cabeça dizer:

— Quero voltar.

Nada mais.

— Quero voltar.

Linda sempre foi inteligente e sabia que as pessoas não desapareciam sem mais nem menos. Há motivos, há pistas pelo caminho, algo a ser seguido, mas esse não era o caso. Estava presa e não poderia seguir caminho algum.

Ela tinha desafiado as leis da própria física. Sabia que as luzes vistas no final eram reminiscências da quarta dimensão, era exatamente o que ela esperava que acontecesse. De certo modo, o experimento foi um sucesso, mas o desaparecimento de Cameron não fazia sentido. A física impedia o transporte de massa entre dimensões.

Passos.

Passos mais próximos.

A porta se abre. Samus entra.

— Dra. Harrison?

— Se veio até aqui sabe que sou eu.

— Quero falar com você sobre o *Book Back*.

— Já falei tudo que sabia para os abutres, não tenho mais nada a dizer.

— Li seu depoimento e percebi que algo faltou.

— Então me diga o que é, mas seja rápido, tenho salão às quatro — exasperou.

— Você disse aos investigadores que esperava que aparições de outra dimensão fossem visíveis naquele momento e que por isso não ficou impressionada com as luzes. Isso está correto?

— Sim, sem novidades.

— Mas de onde vieram as luzes? A ideia era criá-las ou reproduzi-las?

— Ora, virei Deus, agora? Nem uma coisa nem outra, o objetivo era espelhar.

— Não entendi.

— Quem é você mesmo?

— Samus Davidson, engenheiro sênior da NASA e sua melhor chance de sair daqui.

"Como assim 'sair daqui'?", Linda pensou.

Será que havia uma chance? Eles deviam estar muito ferrados para procurá-la. Talvez fosse uma boa ideia colaborar, mas não muito.

— Em um microscópio, o que vemos? Coisas que sempre estiveram ali, mas nosso olho não alcança. Não criamos nada, simplesmente passamos a ver. Com meu experimento é o mesmo. As luzes a que o senhor se refere estão aqui neste momento e em todos os lugares, assim como milhares de outras coisas que não temos a oportunidade de ver, mas estão lá, só é preciso a energia certa, o modo certo de fazê-las aparecer.

— Entendo. Seria possível uma massa transitar entre dimensões?

— Sempre teorizei que não, mas como sabemos... ou Cameron sumiu junto com cada célula do seu corpo e do uniforme que vestia e foi evaporado por uma força que desconhecemos, ou ele está em outra dimensão.

Nesse momento Linda se conteve. Pensou em falar que conseguia ouvir Cameron, mas isso poderia arruinar sua chance de sair daquela cela, então preferiu ficar calada.

Samus analisou Linda. Podia ser a genialidade em pessoa. Podia estar realmente louca. Mas o fato é que ele não era capaz discutir em pé de igualdade com ela, não tinha ideia de como ela fez o que fez.

— A senhora tem interesse de sair desta cela e voltar para o trabalho?

— É tudo o que mais quero. Mas qual é o caso, posso saber?

— Saberá tudo em breve, vou providenciar sua liberação.

Samus saiu e fechou a porta, Linda ficou sozinha com seus pensamentos. O que poderia estar acontecendo a ponto "deles" recorrerem a ela. Sabia que era esperta, mas comandava um projeto menor, algo que os grandões não entendiam e não valorizavam, e agora, isso?

Sim, era fato, eles deviam estar muito ferrados, mesmo!

Não demorou até que o guarda Gordon — Linda lembrava da Vila Sésamo, mas nem sabia o motivo — chegasse para "libertar" a prisioneira.

A saída dela estava condicionada ao sucesso? Não sabia, teria que descobrir. Mas se no íntimo Linda se divertia lembrando da Vila Sésamo, também não poderia deixar de comparar sua própria situação com a série Game of Thrones e a sua "caminhada da vergonha". Na cena, a Rainha, punida pelo clero, teve que desfilar pela cidade nua para se purificar de seus pecados, e apesar do poder que ainda tinha, não deixou de ouvir e de sofrer as consequências de seus atos.

Sua mente, sempre ativa e jovial, divertia a si mesma, lembrando da mesma série com a mesma personagem e seu impagável "Poder é poder!".

Linda andava pelos corredores e olhares julgadores nem tentavam esconder seus pensamentos:

— Assassina! — eles gritavam em silêncio.

"Malditos miseráveis", ela pensava. Até ontem era temida, poucos ousavam levantar o olhar para ela, agora, olhares petulantes atravessavam vidraças para atingi-la.

Ela não se importava com aquilo, nunca se importou, sempre enfrentou barreiras para chegar até sua posição, homens fizeram muito mais merda do que ela e eram reconhecidos por muito menos.

Direita, esquerda, reto.

Queria correr, ver a luz do dia, mas não estava nem livre nem solta. Era uma prisioneira livre, optou por pensar assim.

Uma porta se abre, lá estava Samus, e Linda não acreditou quando viu a figura ao seu lado. Era o Presidente.

— Senhora Harrison, muito prazer.

Ficou muda.

— A senhora já foi atualizada sobre os acontecimentos recentes?

— Não, senhor.

O presidente olha com reprovação para Samus.

— Vou ser direto. Está chovendo dinheiro e nós precisamos que isso pare.

Linda olhou com um misto de interrogação, humor e descrença.

— Desculpe, senhor presidente, o senhor disse que está chovendo dinheiro?

Samus toma a palavra.

— Faz mais de trinta dias que começou a chover notas de um dólar. Nem sei ao certo que termo usar, mas elas "nascem" a dez mil pés e caem como chuva. Fora isso, nada mudou. O clima é o mesmo e a chuva normal, por assim dizer, segue acontecendo.

— Entendo, por isso estou aqui, o senhor acredita que isso venha de outra dimensão.

— A senhora está aqui porque não sabemos que caminho seguir, então vamos seguir todos, e o seu é um deles — respondeu Samus.

O presidente volta a falar.

— Senhora Harrison, se conseguir nos ajudar com isso, terá o perdão presidencial e uma carreira brilhante pela frente, será conhecida por seus feitos e não por seus erros. Agora, preciso ir, boa sorte.

— Posso sair?

— Da cela, sim, das instalações, não.

— Que lugar é esse?

— É o lugar em que deve ficar.

O presidente vira as costas e sai pela porta lateral seguido por seu secretário e por um de seus seguranças.

— Então, doutora, o que precisa para começar a trabalhar?

— Da minha sala.

— Isso é impossível no momento, mas posso fazer a sua sala vir até você ainda hoje.

— Ok. Onde vou trabalhar?

— Aqui. Terá todos os recursos que necessitar. Vou deixar que se atualize enquanto suas coisas chegam. Na pasta 123, me perdoe a simplicidade, vai encontrar todas as pesquisas que fizemos até hoje, todas as nossas tentativas, enfim, verá onde fracassamos, para não perder tempo.

— Tudo bem.

Samus sai, a porta se fecha, e Linda fica um minuto incrédula.

— Chovendo dinheiro?!

Parecia um filme de baixo orçamento, mas estava de fato acontecendo. Teria ela causado essa brecha? Aliás, era uma brecha?

Linda percorre as redes sociais e principais canais de notícias, sentia falta disso. Se ouvir o presidente falar sobre chuva de dinheiro era estranho, ver a cena era ainda mais…

A porta se abre e a primeira caixa de seu antigo escritório chega. Ou ela não estava longe de onde sempre trabalhou, ou eles já planejavam essa remoção. Não sabia, mas também se não importava. Era hora de trabalhar.

CORDAS

Já tinha dez dias que Linda trabalhava. Ela teve como ponto de partida sua própria pesquisa com Cameron, mas a verdade é que estava no mesmo lugar. Pediu sua antiga equipe, mas lhe foi negada, a benevolência e o desespero do presidente não eram tão grandes assim, afinal.

Queria testar uma nova teoria, ou melhor, uma antiga teoria, mas aplicada de maneira diferente: a teoria das cordas.

A teoria das cordas, conhecida há muito tempo, basicamente diz que tudo no universo — incluindo as pessoas e todas as coisas — é feito de pequenos elementos chamados "cordas". Assim como as diferentes notas e vibrações de uma corda de guitarra podem criar diferentes sons, as cordas dessa teoria também vibram de diferentes maneiras e isso cria diferentes partículas no universo. Mas o principal ensinamento da teoria é o que estava sendo explorado naquele momento por Julius e Linda, aquele que sugere que existem mais dimensões "escondidas", dimensões que são muito pequenas e enroladas em si mesmas.

Linda sabia que não conseguiria tratar dessa teoria sozinha, era grande demais, então fez o que prometeu que faria, pediu ajuda, mandou um recado para Samus.

"Preciso testar cordas, sozinha não dá."

Quando o recado chegou ao destino, os olhos de Samus e do presidente brilharam ao mesmo tempo, não podiam acreditar no que liam.

Apenas alguns minutos antes, Julius também havia enviado uma mensagem:

"Trabalhando em cordas, pode ser um norte."

Como seria possível que duas pessoas estivessem trabalhando no mesmo aspecto da pesquisa? E se fosse possível juntar os dois? Afinal, os gênios devem saber trabalhar juntos.

O presidente ponderou, afinal, Julius não era um homem fácil, achava-o arrogante, talvez porque não se curvava aos desejos presidenciais, talvez porque o fosse mesmo.

Também havia o risco de Julius estar mais adiantado em sua pesquisa e isso o atrapalhar. Valeria a pena? Samus considerou que sim, o presidente aceitou e o recado foi enviado.

"Temos gente no mesmo caminho. Não há coincidência. Que tal juntar?"

Quando recebeu o recado, Julius estranhou, afinal, aquilo era um caminho totalmente novo testado por ele. Como seria possível outros também estarem nessa linha? De verdade, só tinha mandado o recado das cordas porque estava cansado e não pensou direito. As cordas eram o cerne de sua máquina revolucionária, e se eles também estivessem próximos de algo assim?

Eram muitas perguntas.

Valeria a pena entender a pesquisa? Valeria a pena se expor?

Pensou em ir até a máquina, mas havia prometido para si mesmo não olhar, poderia ser influenciado por algo e se desviar da pesquisa. É claro que também poderia ajudar, mas o risco era alto demais.

"Amanhã no rancho do nosso primeiro encontro", respondeu.

A pesquisa de Julius basicamente estava em sua mente e em um computador pessoal, nada mais. Já a pesquisa do Governo era imensa.

— Senhor Presidente — disse Samus.

— Diga.

— Acho que devemos levar Linda, e não apenas a pesquisa dela. Afinal, sejamos sinceros, ela fala grego na maior parte das vezes. Essa teoria das cordas é o que os cientistas têm de melhor, mas está longe de ser algo comprovado.

— Não sei. Imagina se essa mulher some com o Julius como sumiu com o soldado? Estaríamos ferrados!

— Acho que devemos alertar Julius antes de eles se conhecerem.

— Não sei, Samus. Esse Julius deve ser um virgem que vai se apaixonar e cair nos encantos dessa mulher. Eu mesmo quase tirei ela da prisão só para me fazer companhia.

Ambos riram.

— Amanhã iremos eu, você, dois seguranças e Linda. Descemos eu e você, explicamos a situação para Julius, e se ele quiser conhecê-la, falar com ela, a gente insiste em deixar um segurança ou uma câmera. Mas é claro que não vai acontecer nada, aquele homem tem uma bola de cristal, sabe de tudo antes da gente.

Mais tarde naquele mesmo dia Samus se encontra com Linda.

— O presidente se interessou por sua pesquisa.

— Ótimo, vão me dar assistentes? Preciso de, no mínimo, dez.

— Não. Mas terá algo ainda melhor. A depender de você, terá Julius.

— Quem?

— Você não sabe quem é Julius Stranger?

— Não.

— Meu Deus, Linda, em que caverna do governo você se escondeu? Não lembra das revoltas de três anos?

— Sim, mas não sabia que era uma revolta contra um tal de Julius. Esse é o cara mais rico do mundo?

Samus lembrou que poucas pessoas sabiam que Julius era Julius. O homem não gostava de exposição. Enfim, agora já foi.

— Exato, o cara é o mais poderoso do mundo, nada acontece sem que ele saiba ou autorize.

— Nossa, que honra... — ironizou Linda.

— Leve sua mala, não sabemos se ele permitirá que trabalhe com ele.

— Então eu preciso da autorização de Vossa Majestade estranha?

— Sim, e se eu fosse você torceria muito para ele dar essa autorização, o mundo pode depender dela. O governo só vai permitir esse encontro porque dez minutos antes da sua mensagem ele enviou algo parecido, então achamos que isso pode nos ajudar. Pedimos autorização, meio que sem esperança, mas acredito que ele também se surpreendeu.

— O governo dos Estados Unidos está se rendendo a um capricho? Realmente, fiquei muito tempo na prisão.

A noite passou lentamente para Linda. Julius já não dormia bem fazia muito tempo, então nem tentou, cochilava aqui e ali, e era isso. Precisamente às oito da manhã o helicóptero presidencial pousou no rancho de Strange. Era a mesma aeronave que anos antes o FBI usou para vir até ele e prendê-lo, naquela ocasião em que ele estava pronto esperando pelos oficiais.

Os funcionários se assustaram. O que um dos homens mais importantes da nação estava fazendo ali?

Desceram o presidente e Samus, o segurança quis acompanhar, mas foi impedido. De longe, Julius via a poeira e a movimentação. Cumprimentou ambos e os convidou para entrar.

— Pensei que trariam cientistas com vocês para conversarmos, salvo engano, nenhum dos dois se encaixa nesse rótulo.

— O senhor nunca está enganado, Senhor Julius.

Stranger quase se entregou falando do dólar, mas se conteve. Samus se adiantou.

— Trouxemos uma cientista conosco, aquela que está trabalhando no caso.

— Só tem uma?

— Então, — disse o presidente — o caso é complicado. Linda, é o nome dela, é brilhante.

— Segundo os arquivos, nós a recrutamos ainda na faculdade, desde então ela trabalha em projetos supersecretos, mas se deixou levar e o ego falou mais alto.

— Como assim? — perguntou Julius.

Samus explicou a ele tudo que aconteceu no experimento de Linda, ao menos tudo que ele sabia e como sabia explicar.

— Que dia? — perguntou Julius.

— Que dia o quê? — respondeu o presidente.

— Que dia aconteceu esse acidente?

— Preciso olhar nos registros para ter certeza, mas como disse, Linda está no helicóptero esperando sua autorização para entrar. Não queríamos que o senhor fosse exposto a ela sem estar ciente de todos os riscos que ela representa.

— É uma feiticeira à moda antiga, Strange. Ela hipnotiza a gente — riu o presidente.

— Estou grandinho para cair nessas armadilhas, e como vocês mesmos dizem, eu tenho uma bola de cristal.

Samus e o presidente se entreolharam. Como Julius sabia disso? Não importava, isso era um papo para depois.

Julius fazia suas contas mentais. Seria possível que eles tivessem aberto uma espécie de portal? Tocado as mesmas cordas?

— Tragam-na até mim, ela pode ficar. Mandarei mensagem se ela estiver atrapalhando ou causando algum tipo de problema. Posso garantir que Linda não fugirá, sou prisioneiro do meu próprio presídio e isso valerá para ela também.

Samus e o presidente se levantaram e saíram. Chegaram ao helicóptero e não puderam conter o pedido, a oportunidade era boa demais.

— Ele permitiu — anunciou o presidente.

— Preciso beijar os pés do rei? — vociferou Linda, se sentindo um objeto.

— Você vai se surpreender com ele — disse Samus. — É um homem extremamente simples, direto e educado. Mas preciso te dar uma missão.

Cientista ou não, você faz parte da defesa americana e esse é seu dever cívico. Preciso que recolha o maior número de informações possível sobre Strange. Quero que escreva um relatório completo e, principalmente, descubra como funciona sua maldita bola de cristal.

O MUNDO QUE NÃO ERA

A privação de sono pode ser considerada um tipo de droga. As pessoas perdem um pouco seus sentidos mais básicos. Entre os efeitos estão necessidade intensa de cochilar no meio de atividades, sensação de memória fraca, redução da capacidade de concentração nas atividades diárias, perda da libido e irritabilidade. Algumas pessoas podem sentir sono em situações perigosas, como ao dirigir ou ao controlar máquinas. Em condições mais raras, podem haver alucinações visuais e auditivas.

Alucinações, a visão de um homem cansado.

"Talvez fosse isso", pensava Stranger. Estava alucinando, claro.

Queria ter dormido algumas horas a mais, quem sabe ter pausado alguma atividade, deixado de estudar algum complexo esquema elétrico que, ligado ao hidrogênio... Enfim, não lembrava mais.

Mas aquilo?

Alguns minutos após ter se separado do presidente, Stranger vê entrando pela sala uma figura que não poderia existir. Karen estava morta, mas estava ali.

Como?

Estava diferente, havia envelhecido, havia perdido um pouco do brilho do olhar, mas sim... ainda era ela. Ela tinha vindo com a chuva? A *fucking* chuva era uma máquina do tempo? O que estava acontecendo.

Ela entrou, o tempo estava claro. As imagens se confundiam, era quase uma sombra. Talvez estivesse sonhando, afinal, sentado na sala sozinho, poderia facilmente ter caído no sono. Sim, estava sonhando.

Se beliscou.

Doeu.

Não estava sonhando.

— Karen?

CAPÍTULO 4

A TERRA É REDONDA

"Há verdades que a gente só pode dizer depois de conquistar o direito de pronunciá-las."

Jean Cocteau

A PIZZA

Quem aquele bando de homens pensava que era?

A época em que comandavam já havia passado, agora saíam, deixavam-na com um maluco qualquer e ainda levantavam aquele monte de poeira.

Ela detestava poeira.

— Bom, vamos conhecer esse deus supremo que não gosta de holofotes. Talvez seja algum gordão nerd que ainda mora no porão da mãe — Linda disse para si mesma.

Um sorriso escapou dos seus lábios.

Era só entrar? Não tinha segurança? Nada?

"Que porra deve ser essa tal bola de cristal? Malditos, não me deixaram nem uma arma", Linda pensou. Estava por conta própria.

Enquanto seus pensamentos se embaralhavam, versando entre medos e teorias, ela se aproximava da porta. Achava estranho somente entrar. Era militar, sabia que a segurança desses figurões era levada a sério, mas estava ali, naquele rancho, no meio de coisa de nenhuma e rodeada por um total de zero seguranças armados. Era só entrar.

Entrou.

"Eu conheço aquele cara... Será? Não, não pode ser." ela pensou, incrédula.

Linda é surpreendida em seus pensamentos ao ouvir um nome que há muito tempo não ouvia.

Aquele homem, sentado no sofá, com cara de cansado, abre a boca para dizer uma só palavra:

— Karen?

A VIDA QUE NÃO CONHECEU

Karen Smith, filha de um agente secreto da CIA. Não podia contar em quantos países já morou. Cresceu achando que o pai, Steven, fosse representante de uma grande multinacional de artigos esportivos. Somente aos dezesseis anos descobriu sua real profissão, num dia em que ele chegou em casa todo machucado e com medo. Ela não era boba, e Steven não tinha mais como mentir. Acabou contando a verdade.

A mãe de Karen, Linda Harrison, morreu de terniculite solar quando a filha tinha apenas dez anos. Ela se recusava a aceitar que a camada de ozônio já não protegia nada, pegou a doença, e dois meses depois sua vida virou história.

Karen aprendeu a se virar sozinha desde cedo. Com as constantes viagens do pai e fugindo de avós que, segundo ela, não a entendiam, era presença constante nas ruas. Nunca foi descoberta. Dona de intelecto sem igual, suas notas variavam entre dez e nove, o último só para não chamar atenção. Os professores até tentavam convocar o pai para uma reunião, mas Karen falsificava bilhetes virtuais e sempre dava uma desculpa.

Como não arrumava qualquer tipo de confusão na escola, era como se o crime fosse perfeito.

Em Miami, por exemplo, aos doze anos, organizava brigas de rua para ganhar dinheiro com apostas. Em Londres, agora aos catorze, traficava drogas — nunca as usou, considerava otário quem perdia o controle da situação, mas se aproveitava justamente desses otários. Quando tinha dezesseis anos a identidade secreta do pai foi descoberta no pior lugar possível, Pequim, inimigo 00 dos EUA. Tiveram que fugir.

Ao chegar novamente à América, Karen encontrou algo a que ela não estava acostumada: uma vida normal. O pai não poderia voltar ao trabalho de campo, então atuava em escritório na divisão de inteligência. Ela passou a ter um porto seguro, pena que não duraria muito.

Sendo filha de agente e tendo uma das maiores notas acadêmicas de todo o mundo, Karen foi acompanhada de perto, tanto para sua própria segurança quanto para designação de trabalho.

Em um dia qualquer, ainda com dezessete anos, sem que tivesse feito qualquer inscrição ou prova, recebeu uma carta do MIT.

Estava aprovada.

Deveria começar ainda naquele semestre. Ficou confusa. Como?

A própria carta explicou que todos os alunos americanos eram acompanhados desde os primeiros passos na escola, então, algumas vagas eram reservadas para o que eles chamavam de "as grandes mentes do futuro da América". Parecia estranho.

Contou para o pai.

— Filha, isso é coisa da CIA ou do exército. Não existe qualquer sistema de acompanhamento, mas o MIT é conhecido por ser um grande fornecedor de mão de obra para as instituições do governo.

— Mas, pai, a bolsa é de cem por cento. Eles podem me obrigar?

— Não. Mas eles são extremamente sedutores. Quem não iria querer viajar o mundo, controlar o mundo?

— Não vou. Agora temos uma vida normal.

— Nossa vida nunca será normal, Karen. Eu sou um ex-agente, alguém em algum lugar vai me denunciar. Sempre acontece. Pode ser que nunca cheguem até mim, pode ser que eu apenas viva com medo, é tudo incerto. O que posso afirmar é que suas decisões não podem se basear no que eu fiz. Eu estarei aqui até o final da vida. Sempre serei seu porto seguro. Decida o que decidir, conte comigo.

Karen pensou que estava decidida, mas não estava. Pouco mais de uma semana depois, uma batida na porta. Um homem de terno e gravata. Olhar sereno. Parecia aquele tio que as famílias gostam de ter por perto.

— Senhorita Karen?

— Pois, não?

— Meu nome é Edward Bronson, sou diretor de novos talentos do MIT. Vim pessoalmente confirmar se a senhora recebeu nossa correspondência. Posso entrar?

— O senhor tem alguma identificação? Meu pai não está em casa.

— Claro. Aqui está.

Karen conferiu a identificação e deixou o homem entrar. Tinha um pouco de medo, mas a curiosidade era maior.

— Nunca ouvi falar de um programa de acompanhamento de notas.

— É um programa recente. Estamos colocando no sistema todas as notas americanas.

— E como descobriram meu endereço? Não faz muito tempo que moramos aqui.

— Isso eu não saberei responder. O sistema faz tudo sozinho, eu só recebo uma mensagem com o nome e o endereço do candidato. Com esses dados em mão, me certifico de que as famílias tenham recebido todas as informações para tomar a melhor decisão. Você recebeu?

— Recebi, sim. Estou pensando sobre isso. Não queria deixar meu pai sozinho, mas ele tem me incentivado, então ainda estou decidindo.

— Não prefere visitar nossas instalações antes de fazer sua escolha? Nosso pacote de benefícios inclui dormitório, restaurante e lavanderia, tudo por nossa conta. Além, é claro, de uma bolsa de cem por cento.

— Não é muita promessa? Por que vocês fazem tudo isso?

— Nós queremos ter as melhores mentes. As melhores mentes fazem as melhores pesquisas e as melhores pesquisas atraem mais investimentos. A contabilidade é razoavelmente simples.

— Ok, vou falar com o meu pai.

— Sem problemas, posso voltar quando ele estiver presente.

— Não é necessário, até semana que vem eu dou uma resposta.

— Sem problemas. Fique com o meu cartão.

Se despediram sem cerimônia. Pela janela, Karen notou que ele falava com alguém ao telefone, mas não sabia se era sobre ela. A proposta era boa demais e a jovem ficou tentada. Em seu íntimo, já tinha a resposta: iria aceitar.

Pouco mais de três meses se passaram e Karen estava nas dependências do MIT. Tudo funcionava exatamente como devia. Dividia o quarto com Janice, uma colega que veio do Alasca. Estudava, comia, corria e ia a festas, como qualquer aluna.

As aulas realmente não eram nada desafiadoras. Nem ela sabia explicar, mas pareciam fáceis demais, então não demorou para que os velhos hábitos voltassem. Ia bem em todas as provas e testes, usava a maior parte dos horários de aula para dormir e passava muitas noites em claro. Não devia nada para ninguém e estava entregando o que havia prometido.

Ao menos era o que pensava.

O HOMEM DE CHAPÉU

Quem ainda usava chapéu naqueles tempos? Quase ninguém. Ainda assim a figura começou a circular pelo campus e não demorou para chamar a atenção de Karen. Encontrar alguém assim uma vez, tudo bem, mas várias vezes? E em locais diferentes? Ora, ela era filha de um espião, não se deixaria enganar tão fácil.

Era uma sexta-feira, Karen foi até a lanchonete no horário de sempre e, como já se acostumara, o indivíduo estava lá, sentado, sozinho em uma mesa como se esperasse por alguém.

Karen se serviu e não perdeu tempo, foi até a mesa do homem.

— Esperando por mim?

— Achei que não vinha mais.

— Quem é você e o que quer?

— A pergunta mais importante é: o que você quer?

Karen o olhou, perplexa.

— Serei direto. Monitoramos todos os filhos de nossos agentes, afinal, tal pai, tal filha, e com você não seria diferente. Na maioria das vezes só monitoramos, nada acontece, mas com você é diferente.

— Vocês querem que eu seja uma agente?

— Deus, não! Você seria péssima nisso.

— Então...

— Então que você é inteligente e o governo sempre precisa de pessoas inteligentes. Sabemos das suas notas e de como você as obtém sem esforço, então pensamos, do que ela seria capaz se estivesse focada? Por isso estou aqui. Queremos contar com seu talento para o bem da nação.

— Eu seria o quê? Uma funcionária?

— Você seria o que chamamos de "fantasma remunerado".

— Não entendi.

— Você, enquanto Karen, deixará de existir. Todos que você conhece, excetuando seu pai, que é agente, pensarão que você morreu. A partir daí será nova identidade, nova cidade e novo cargo.

— O que eu teria que fazer? E de quanto é o salário?

— Jovens, sempre querendo saber quanto vão receber. Você fará pesquisa. A intenção é que você use seu talento para a defesa da nação. Como isso vai acontecer, eu não faço ideia, não tenho essa competência, sou apenas um mensageiro. E sobre o salário, a previsão é que você receba de acordo com as pesquisas que realizar, mas o valor parte de quinhentos mil dólares por ano.

— Quinhentos mil?

— Apenas o ponto de partida. Como disse, depende da pesquisa.

— Mas e a minha vida?

— Acaba.

— Não posso visitar parentes, amigos e professores? E a faculdade?

— Nada será como antes. Senhorita Smith, há dois tipos de agentes, os que se passam por funcionários e levam uma vida próxima do normal, e aqueles que realmente contribuem com o país, algo que nem mesmo seu pai conhece, algo a que apenas os melhores tem acesso.

— E se eu quiser desistir?

— Não pode. É claro que não vamos matar você nem nada disso, mas você terá que cumprir uma quarentena de cinco anos em um local que nós escolheremos, fazendo o que nós indicaremos. Depois, você pode voltar para a sociedade, mas sempre monitorada, sempre tendo que prestar contas, e nunca como Karen, sempre com a nova identidade que vamos lhe atribuir.

— Posso conversar com meu pai?

— Não. Queremos que ele viva o luto por pelo menos um mês.

— Não faz sentido fazer meu pai sofrer.

— Se você soubesse o que nossos inimigos sabem, fazem e monitoram, iria entender.

— Quanto tempo tenho para decidir?

— Até o final do curso. No seu ritmo, isso deve acontecer em até um ano.

— Ok, e se eu não quiser?

— Nada acontece. Aproveite as benesses do Tio Sam aqui no MIT e viva sua vida.

— E se eu decidir ir?

— Você irá ligar para esse número e pedir uma pizza de calabresa.

— Pizza de calabresa?

— Sim. E você de fato receberá o que pediu. Somos minuciosos nisso. Se você ligar e pedir qualquer outro sabor, entenderemos que você não tem interesse, então entregaremos a pizza e sairemos para sempre da sua vida. Agora, se você pedir a de calabresa, receberá a pizza, e exatamente quinze horas depois viremos te buscar. Não marcaremos encontro, nada. Você simplesmente vai sumir.

— E se eu contar para o meu pai? Você jamais saberão.

O estranho homem de chapéu apenas sorriu, se levantou e saiu.

E foi assim que Karen foi apresentada a um mundo incrível e assustador. Tinha uma decisão a tomar. Aliás, assim como no caso de vir para a faculdade, a decisão já estava tomada. Diria não. Afinal, se era tão boa assim, não teria qualquer dificuldade em encontrar trabalho. Jamais abandonaria seu pai como sua mãe fez.

QUANDO O MUNDO DEIXA DE EXISTIR

O Natal se aproximava e as aulas, que já eram chatas, ficaram ainda mais enfadonhas, mas Karen estava feliz. Se aproximava o dia de voltar para a casa e matar a saudade do pai.

Trinta de novembro, quinze para as duas da manhã. Uma chamada.

Era Dona Aurora, uma vizinha chata de seu pai. Normalmente ela não atenderia, mas às duas e quarenta e cinco? Seu coração palpitou muito mais forte.

— Alô?

— Karen?

— Oi, Dona Aurora. Que horas são aí?

— Karen, você precisa vir imediatamente, aconteceu uma desgraça. Alguns homens, acho que eram ladrões, invadiram sua casa, seu pai estava lá. Ouvimos muitos tiros e agora ele está no hospital.

Karen não sabia o que fazer. Era como se o mundo de fato tivesse parado. Ela conseguia ouvir a própria respiração, o sopro da madrugada, a cigarra no jardim. Tudo era muito límpido.

— Alô? Alô?

— Desculpe, Dona Aurora. Em qual hospital ele está?

— No Saint Germain.

A jovem não terminou a ligação, apenas pegou a primeira roupa que viu e partiu para o aeroporto. Quatro horas depois, já estava no hospital.

— Eu sou Karen Smith, meu pai está aqui. Levou um tiro.

— Qual é o nome dele?

— Steven Smith.

Quando ouviu o nome, a enfermeira pediu que Karen esperasse um pouco até que ela chamasse um médico. Outro frio na espinha.

— Senhora Smith?

— Sim, e o meu pai?

— Eu sinto muito em informar, mas seu pai não resistiu aos ferimentos. Uma das balas acertou o coração e outra o cérebro. Não havia muito o que pudéssemos fazer.

— Balas? Quantas?

— Ainda estamos contando, mas já retiramos quinze.

— Eu posso vê-lo?

— Não sei se é uma boa ideia. Talvez a senhora devesse ficar com a imagem que tinha dele.

— Faço questão.

— Ok. Me siga, por favor.

Ao entrar no quarto, Karen não conseguiu se controlar. O médico tinha razão, o pai estava desfigurado. Era um milagre não ter morrido imediatamente. Talvez quisesse esperá-la.

Chorou. Chorou como há muito não chorava.

Se questionava: será que se estivesse lá poderia ajudar de alguma forma? Os inimigos eram os responsáveis pelo ataque?

"Apenas ladrões", dissera Dona Aurora?

Não sabia. Mas também não se importava. Estava sozinha. Seu pai, seu protetor, estava morto.

Só lhe restava chorar. Chorou.

A CENA

Três dias passaram e apenas alguns amigos foram ao enterro do pai de Karen. Nunca fora um homem popular. Era reservado. Nos poucos momentos que estava em casa, preferia a família a reuniões sociais.

Tudo que precisava ser feito, feito estava.

Era hora de voltar. A cabeça de Karen estava a milhão. O que de fato tinha acontecido? A polícia local até prendeu uns moleques que faziam pequenos furtos na região, mas eles não tinham a menor cara de quem teria feito aquilo. Pareciam assustados.

Karen foi até sua antiga casa uma última vez. Olhou para todos os cantos como se tentasse guardar em sua memória os momentos que viveu ali. Não sabia se um dia iria voltar.

Naquele momento, como se já tivesse tomado sua decisão há muito tempo, pegou o telefone e discou.

— Alô.

— Seu pedido, por favor.

— Uma pizza de calabresa.

— Vemos que a senhora está longe do endereço de cadastro. Quer refazer o pedido?

— Não. Quero receber aqui mesmo.

— Ok. Iremos encaminhar.

— Obrigada.

Fim da ligação.

Em menos de trinta minutos um entregador da Domino's estava a sua porta. Confusa, ela abriu.

— Senhora Harrison? Sua pizza.

— Obrigada.

— São doze dólares.

Karen olhou com estranheza.

— Sério? Vocês cobram a pizza?

Com o olhar meio confuso, o entregador respondeu:

— Sim, a senhora não pediu?

— Sim, pedi, mas é que… esquece.

Abre a carteira, tira uma nota de vinte e diz que o entregador pode ficar com o troco.

Fecha a porta.

Come.

Chora.

Estranha.

Dorme.

Cerca de cinco horas depois uma notificação acorda Linda. Era hora do voo. Precisava correr.

Algumas horas mais tarde, novamente em seu quarto da universidade, voltou a dormir. No dia seguinte, lá estava ela outra vez, sem querer estar. Aula de Física Quântica.

Algo a incomodava.

Alguém não parava de olhar.

Aquele caipira, como era mesmo o nome dele?

— Olá?!

— Oi.

Ele é envergonhado.

— Quer sair dessa aula chata?

— Sim.

Karen pegou na mão de Julius e o puxou.

O bar de esportes era o mais próximo. Pararam. Não era nem meio-dia e Karen já estava na segunda cerveja. Julius conversava sobre assuntos cotidianos sem muita importância, Karen o puxou e o beijou.

Não pararam mais de se beijar. Karen não queria falar.

Julius não sabia como agir. Karen riu.

A tarde passou rápido.

Causos. Casos. Discussões inúteis. Polêmicas fúteis. Mais bebida. Era hora de ir.

— No meu ou no seu? — perguntou Karen.

— No meu — respondeu Julius, tímido.

— Vamos.

A noite passou rápido, rápido demais.

Depois de o sexo se consumar sem importância alguma para Karen e com extremamente intensidade para Julius, o sono.

A notificação:

Senhora Harris,

Rua Clinton com a Backery.

Oito da manhã.

Ela sabia quem era.

— Problemas? — perguntou Julius.

— Não, nada. Estou atrasada para a aula — mentiu Karen.

— Um beijo de tchau.

— Até.

— Até.

Karen saiu, confusa. Já não tinha mais tanta certeza da decisão que tomara. Talvez devesse pedir mais tempo para pensar. Isso. Iria pedir mais tempo.

Dez minutos depois, lá estava ela. Uma van para.

Abre a porta lateral.

— Entre.

Karen entrou.

Pelo vidro traseiro acompanhou dois carros batendo. Um corpo voando pelo vidro.

Ninguém precisou lhe contar o que aconteceria. Não tinha mais volta.

Estava consumado.

O TREINAMENTO

Era tudo muito cansativo.

Ela não se via como atleta nem pretendia ser uma, mas foi isso que se tornou entre uma aula e outra. Tornou-se uma militar, uma agente. Assim, de repente, sumiram as festas, as noitadas, a bebedeira. Karen se tornara outra pessoa.

Depois de um ano de muito treinamento, foi alocada no laboratório central e ultrassecreto das forças armadas, sua missão era apenas uma: estudar as missões espaciais e criar condições para o aproveitamento dos buracos de minhoca. Era física ultra-aplicada.

Karen fez muito progresso e chamava a atenção de seus superiores, que já sonhavam com as aplicações práticas de suas descobertas. Uma em especial fazia brilhar os olhos dos militares.

Ela descobriu que com a combinação certa de força aplicada, concentração de energia cinética e pequenas colisões de prótons e nêutrons, o buraco de minhoca criava as condições necessárias para viagens materiais cobrindo imensas distâncias. O sonho era conseguir abrir um portal para levar tropas dos EUA para qualquer país inimigo. Uma arma de guerra invencível.

O sonho parecia coisa de ficção científica, mas Karen garantia ser possível, apesar de advertir que a pesquisa levaria anos, pois se tratava de algo extremamente teórico e com repercussões inimagináveis.

Aliás, o termo inimaginável era algo especialmente importante para Karen colocar na cabeça dos militares. Era inimaginável mesmo, não era força de expressão. Como nunca fora feito, só poderiam teorizar, e ainda assim a teoria não chegava até ali. Os anos passam, a teoria avança, o progresso, não.

Karen começa a ser deixada de lado, até que começa o Projeto *Book Back*.

A URGÊNCIA

Um dia depois do outro e nenhuma novidade. Até que, sem muito esperar e ligando pontos, Karen consegue um artefato. Já fazia algum tempo que as pessoas a ignoravam, que, a despeito do poder que o cargo lhe proporcionava, era deixada de lado nas novas descobertas científicas.

Sua quarentena estava no fim e Karen já sabia que seria descartada. Não havia feito nenhum progresso, nada até a tarde do dia 23. Nesse dia, Karen, agora Linda, jogava informações no ar sem nenhum critério — e se, e se, e se… — como se esperando para ver o que acontecia. Em uma dessas, aconteceu.

Em resumo, Linda usava um simulador no computador para testar probabilidades, e nesse dia conseguiu uma resposta que parecia absurda, porém esperada.

Teoricamente o que torava isso possível era a fórmula de Linda para transportar objetos no espaço. Entretanto não estava claro o "como", era necessário testar.

Linda se apressou, precisaria apresentar a teoria para o comandante Hernandez, mas sabia que já não tinha a mesma credibilidade, teria que convencê-lo com aquilo que eles conheciam melhor: disciplina e dinheiro.

A agente pediu a reunião, mas a secretária avisou que o comandante estava sem agenda nos próximos dois meses. Era tempo demais.

Apelou.

— Avise ao comandante que consegui.

— Conseguiu o quê?

— Só diga isso.

Assim foi feito.

Menos de uma hora depois Hernandez estava na sua sala.

— Queria falar comigo, Harrison.

— Sim, senhor, senhor.

— Descansar.

— Consegui, senhor. Consegui.

— Seja mais clara, Harrison.

— Minha teoria foi testada no computador. Acredito que, com a máquina certa, consigo transportar objetos entre espaços.

— Não é possível.

— Veja o senhor mesmo.

Linda aponta para a tela e explica os pontos que, para Hernandez, pareciam língua grega morta.

— O que precisa para comprovar na prática?

— Não deve custar muito. O problema é manter o segredo.

— Não quero outro Oppenheimer no exército.

— Eu sei, senhor, por isso lhe chamei. Precisamos ter cautela. Quando essa máquina funcionar, nada será como antes.

— Quero até amanhã de manhã, na minha mesa, tudo o que precisa. Eu falo com os burocratas.

— Já deixei tudo pronto, senhor, aqui está o envelope. Usei minha impressora pessoal. Tomei o cuidado de destruí-la assim que terminei a impressão. Eu não sei qual é o nível de segurança do meu computador aqui, mas ele é o único que contém minha pesquisa.

De uma hora para outra, Linda tinha passado de uma promessa fracassada para a cientista do momento. A partir dali, estaria no comando, teria novamente o exército em seus pés. A aposta era grande, o prêmio também. Essa descoberta na indústria privada lhe garantiria a maior riqueza já vista, mas diabos, ela nunca se importou de verdade com isso. Queria vencer. E ali estava sua vitória. Próxima.

O que se viu nos dias seguintes foi uma verdadeira operação de guerra capitaneada por Linda que, se antes já era vista como poderosa pelos soldados, agora estava quase intocável.

Todos sabiam que algo grande estava acontecendo, até prenderam dois traidores que estavam perguntando demais. Lembrando o próprio Projeto Manhattan, Linda ganhou uma cidade para chamar de sua.

Os melhores cientistas do exército foram enviados para o deserto do Novo México para trabalharem em algo, não sabiam o quê. As ordens do General Hernandez eram claras: nenhuma informação aberta, apenas frações necessárias delas. Depois, e se fosse preciso, tudo iria se encontrar.

A verdade é que o plano funcionou, pois ninguém fazia a mais remota ideia do que estavam fazendo ou montando. Tudo ia bem.

A PREFEITA ME AMA

O Centro de Pesquisa e Estatística do Cerne B1 estava a todo vapor. As construções se somavam e o prédio principal já estava pronto. As primeiras máquinas começavam a chegar e Linda supervisionava o posicionamento correto de cada uma delas.

O mau humor conhecido já não era suportado por alguns dos cientistas, que pediam baixa por não saberem do que se tratava o projeto e por não suportarem Linda. Um dia, um congressista foi maltratado por ela, que estava irritada com atrasos e não aguentou tantas perguntas.

— Por que vocês estão gastando o dinheiro do povo?

— Não posso contar, é confidencial.

— Esse projeto já ultrapassou o valor estimado e o seu comandante ainda quer mais.

— Não fui eu quem fez os cálculos.

— Qual é o objetivo, afinal? É uma bomba?

— Não posso dizer, é confidencial.

— Se não me contar, vou ser obrigado a votar contra a liberação da verba.

— Desde que me deixe trabalhar, o senhor pode votar até contra a sua mãe seu antipatriota.

O horror no olhar de todos em volta foi único. O comandante pediu desculpas ao congressista, que exigia a prisão de Linda. Jurou que aquela obra não receberia mais nenhum centavo do governo.

Depois de muita negociação, optou-se por uma prisão domiciliar noturna para a cientista. Ela poderia continuar trabalhando, porém à noite, e nos finais de semana deveria permanecer em casa sob a guarda de um recruta.

O coronel, que queria que Linda terminasse o projeto com brevidade, foi contra, mas se queria garantir o dinheiro do congresso, e queria, teve que aceitar. Linda, por outro lado, gostou. Assim poderia retardar um pouco o projeto que ela nem sabia se funcionaria na prática e também poderia descansar. Estava exausta, nem mesmo ela aguentava seu próprio humor.

— Tenente Harrison?

— Descansar, Recruta.

— Sou o soldado Presley. Me desculpe, senhora, mas estou aqui para garantir sua prisão por esta noite.

— Ok, soldado — ela respondeu, dando uma risada. — Que posição, hein? Me deve obediência, mas precisa me desobedecer.

O soldado olhou para ela com cara de espanto, afinal, sua situação era terrível, nem sabia como lidar.

— Boa noite, soldado. Quer uma água ou algo assim?

— Não, tenente, estou bem, obrigado.

Linda entrou e fechou a porta.

O soldado sentou-se no chão. A noite seria longa e ele sabia disso, afinal, a fama de Linda a precedera, era carne de pescoço, mal humorada, grosseira, mas meu Deus… era realmente linda.

Duas horas se passaram, o soldado já estava dormindo sentado no corredor. Linda sai com um vestido curto e volta com uma pizza. Chuta o pé do soldado.

— Soldado, soldado!

Presley acorda assustado.

— Venha comer pizza.

— Eu não posso, senhora.

— Também não poderia dormir ou me deixar sair, e sabemos que ambos aconteceram.

— Se o comandante descobre, me manda embora.

— Ninguém vai descobrir nada.

— Entre.

Presley entrou e sua vida mudou a partir daquele momento. Tudo mudou, afinal ele estava apaixonado pela prefeita.

O TESTE IMPERFEITO

Já era hora. Meses de trabalho, muito dinheiro e noites mal dormidas culminaram naquele dia. Pelo menos assim pensava Linda.

Não aconteceu.

O equipamento estava bem calibrado. A teoria estava aplicada e cientistas do alto escalão concordavam com ela — ou com a parte dela a que tiveram acesso.

Equipamento ligado e algumas luzes. Era isso.

De um ponto de vista, o teste foi um sucesso. Afinal, conseguiram criar algo que não estava ali antes. De outro, e principalmente pela expectativa dos grandões da defesa, foi um fracasso total. O que eles poderiam fazer com luzes?

Um dos congressistas saiu rindo, dizendo que era a lâmpada mais cara que a humanidade já tinha construído. Linda ficou arrasada.

O que estava errado?

Não conseguia entender.

À esquerda, havia o cubo, quase um contêiner, chamado de "Diapasão de Dispersão" ou DD. À direita, o "Diapasão de Aspersão" ou DA.

A ideia era extremamente complexa e igualmente simples: através de um buraco de minhoca preconcebido, a energia reflexiva usa o ponto A como ponto de partida e o B como ponto de chegada, ligando-se simplesmente por energia cósmica. Era como uma ponte invisível que atravessa rios.

Na prática, o buraco de minhoca não se formou. As luzes, pensou Linda, são tentativas da ligação. A premissa estava correta, a execução, não. Pouca energia? Muita energia. A prática não era possível? Não sabia. Mas a pressão era grande, precisava descobrir.

Os dias foram passando e pequenos progressos foram feitos aqui e ali. Linda descobriu, por exemplo, que a premissa de que o buraco de minhoca no espaço se vale do vácuo não era possível na Terra, com sua atmosfera e gravidade. Eram necessários novos ajustes e novos cálculos. Ainda era possível, porém, incrivelmente mais complexo.

Cameron seguia com sua rotina de treinamentos e algumas noites era "convocado" para ser o objeto sexual de Linda. Ele não se importava, mas estava apaixonado. Ela sabia disso, mas nunca enganou ninguém.

— Cameron, nós nunca teremos absolutamente nada além disso que já temos. Eu não tenho o menor interesse. Então quando isso não lhe interessar mais, é só deixar de vir.

— Eu sei. Você já deixou isso claro.

— Ótimo. Não gosto de dramalhões. Isso deve ser bom enquanto for bom para todos.

— Não há problemas.

Enquanto Cameron mentia sobre seus sentimentos, Linda se flagrou em um diálogo interno. Quando perdeu seu coração? Aliás, em algum momento já o tivera? Afinal o que é o coração senão um monte de células bombeando sangue de um lado para outro...

— É isso!

— Isso o quê?

— É isso. Precisa estar vivo!

Cameron olhou para Linda, perdido. Que diabos ela estava falando?

— Vamos, preciso de você. Vá até a cidade e me compre um rato.

— Um rato?

— Sim. Depois me encontre no laboratório.

— A essa hora?

Como se olhasse para uma criança que não queria mais brincar, Linda não respondeu e saiu. Cameron, ainda que não estivesse entendendo absolutamente nada, também. Onde encontraria um rato?

— No beco, claro.

A VIDA QUE VALE.

— Claro, como não pensei nisso antes.

— Doutora, por que nos chamou uma hora dessas?

— Simples. Como você acende um isqueiro?

— O quê?

— Você cria a faísca. Esse é o problema da nossa máquina. Estamos assumindo que a própria estática fará isso, mas ela não tem energia suficiente. Precisamos de mais. Precisamos, literalmente, de vida.

Nesse momento, Cameron entra no laboratório com uma caixa na mão.

— Cabo, fez o que lhe mandei?

— Sim, Linda. Desculpe-me, Senhora Harrison.

Um sorriso contido se fez notar nos demais presentes. O caso de Linda e Cameron não era segredo, ainda assim a tentativa do Cabo de manter a formalidade era engraçada.

— Ótimo. Coloque-o no DD.

Enquanto Cameron obedecia, outros protestavam.

— Doutora, isso fere todos os protocolos. Não podemos fazer o teste com ser vivo sem autorizações e sem fazer mais testes antes.

— Doutor, isso não é bem uma vida. É um rato. Ninguém vai chorar por ele.

— Ainda assim, os protocolos...

— Se não está feliz com a minha decisão, pode se retirar.

— Eu só quero que a...

Linda não o deixou terminar a frase, pensava que nem precisava daqueles imbecis. Já tinha se arrependido de tê-los chamado.

Tudo pronto. Três, dois, um...

Uma luz enorme toma conta de toda a sala. Tanto o DD quanto o DA se iluminam. O DD com muita intensidade, o DA com cerca de cinquenta por cento menos força.

Tudo acaba. Somente as mesmas luzes de antes estão no ar. Linda ordena que se desligue tudo. A caixa ainda está no DD, a tentativa parece ter sido um fracasso. Linda abre a caixa. O rato está morto, mas não inteiro. Só há metade do corpo. Uma cena nojenta.

— Doutora?

— O quê?

— Acho que a senhora vai querer ver isso.

Linda vai até o DA e quase não pode acreditar no que vê. Um rabo. O rabo do rato. A experiência não tinha sido um fracasso total, afinal. Um rabo trouxe vida nova para Linda.

POSSO TE PEDIR UM FAVOR?

Quando soube da experiência sem autorização, o general Hernandez ficou possesso. Quem aquela mulher pensava que era? Porém os resultados alcançados amenizaram sua ira. Afinal, ela conseguira transportar algo no espaço-tempo. Tudo tem um começo, pensou. E a esperança do sucesso daquela ação estava no rabo de um rato.

A autópsia posterior mostrou que a metade faltante do rato não foi cortada, mas sim arrancada. É como se alguém pegasse um pedaço de pizza de queijo, mordesse e puxasse. O queijo vai esticar, então uma parte ficará na boca e outra na fatia de pizza, é quase aleatório.

Em resumo, um pedaço do queijo ficou na caixa, outro passou, e a maior parte simplesmente se perdeu. Ou foi dizimado, ou foi para outro local. Eles não sabiam. Era preciso estudar.

Outros testes foram feitos. Cobra, rato, cabra, e os resultados eram mais ou menos os mesmos, mas com uma diferença importante: quanto maior o corpo, mais luz. Isso não se refletia necessariamente no que passava de um lado para outro, mas estava claro que havia uma relação direta entre uma coisa e outra.

Os meses foram passando, os resultados permaneciam estagnados. Alguns dos cientistas foram sendo retirados do projeto. Linda começava a ficar de lado novamente. General Hernandez já não fazia visitas tão constantes. Nos corredores, Linda começou a ser chamada por seus pares de a "cientista do rabo".

Pela primeira vez na vida, estava perdida. Não sabia mais que caminho seguir. Precisava de algo, e rápido.

— Como fazer o corpo passar com o rabo?

Linda conversa consigo mesma. Cameron achou estranho, já tinha ouvido nos corredores algo relacionado a rabo, mas não entendeu.

— O que acontece com os animais que trazemos? O rato que eu trouxe na primeira vez?

— Você sabe que eu não posso te contar nada sobre isso. Seria traição.

— Desculpe. De todas as palavras que você fala, "rabo" foi a primeira que entendi. Meu cérebro não deve ser muito grande — ele disse, e sorriu.

Uma luz, um insight. Chame como quiser, mas foi isso que Cameron trouxe para Linda naquela noite.

— Repita o que acabou de dizer.

— Sobre o rabo.

— Tudo.

— Desculpe se a aborreci.

— Cala a boca. Repita exatamente o que disse.

— Eu apenas disse que o meu cérebro não é tão grande para entender o que você disse.

— Merda! É isso.

Os dias que se passaram foram tensos para Linda. Ela não tinha mais a simpatia do seu comandante e ainda assim precisava convencê-lo a fazer testes em macacos e depois em humanos.

Já fazia algumas décadas que testes em macacos haviam sido banidos. As leis de proteção animal estavam mais rígidas. Eles estavam em extinção e era preciso preservá-los. Os próprios testes anteriores com animais menores só haviam sido autorizados depois de muita negociação.

— Se eu não testar em macacos e humanos, jamais saberemos.

— A senhora tem outros animais à disposição. Talvez eu possa arrumar um cavalo.

— Eu preciso de cérebros com frequências específicas. Fora macacos e humanos, só conseguiria isso em baleias.

— Senhora Harrison, eu farei o seguinte. Vou preencher os papéis e esperar, mas dessa vez não farei pressão. Vamos deixar a burocracia seguir o seu rumo.

— Vai demorar anos.

— Então, vamos dar uma pausa no projeto até que as autorizações venham.

— O quê? General, com todo respeito, o senhor sabe que funciona.

— O que eu sei, senhora Harrison, é que o seu maior sucesso é um rabo. Não preciso transportar rabos, preciso transportar soldados.

— Mas General, isso é um erro. Estamos muito perto. Tenho certeza absoluta que dará certo. Nunca tive tanta certeza sobre algo nessa vida. Estamos perto.

— O que está perto é a sua dispensa com quarentena se continuar a insistir.

— General…

— Dispensada.

— General…

— Dispensada, senhora Harrison. Eu ainda não acabei com o programa, apenas estou dando uma pausa para conseguir os insumos que a senhora mesma diz precisar.

Sabendo que não poderia vencer aquela briga, totalmente irada, foi para casa.

Bebeu, bebeu como nunca. Estava sozinha, bêbada e irada. Ligou para Cameron, que chegou em alguns minutos:

— Cameron, preciso te pedir algo — disse Linda, vestindo apenas uma camiseta surrada.

CAPÍTULO 5

QUEM É VOCÊ?

"A árvore sempre está no lugar que precisa estar."

Desconhecido

NADA VALEU A PENA

A silhueta borrada pela luz trazia um quê de nostalgia. Em alguns momentos, Julius se perguntava se estava delirando. Se a máquina tinha feito mais um estrago, como na chuva de dólares. Tentando se recuperar, voltar para si, as primeiras palavras, meio sussurradas, meio com medo, saem…

— Karen?

— Como sabe esse nome?

— Mas, como?

— Isso é algum tipo de brincadeira? Você… Você é aquele menino da faculdade? John, Joseph…

— Julius.

— Exato, acho que ficamos uma vez? Talvez duas?

— Sim.

— Sim, o quê? Ficamos uma ou duas vezes? Droga, esses imbecis do governo, eles não poderiam me trazer para alguém conhecido. Mas você é o cara com a bola de cristal, como não sabia que eu estava viva?

— Nunca tive coragem de revisitar aquele dia. Mas como assim bola de cristal?

— Sim, você não é o cara que adivinha o futuro?

— Não.

— Como assim, não? O que estou fazendo aqui? Espere. Eu já transei com o cara mais poderoso do mundo?

— Eu não sou o cara mais poderoso do mundo.

— Não é o que dizem.

— E o que dizem?

— Ué, você não tem bola de cristal? Espere. Você não me trouxe aqui na esperança de a gente... Você sabe.

— Eu nem sabia da sua existência.

— Isso não faz sentido.

Julius tentava concatenar pensamentos enquanto Karen, ou Linda, continuava a falar sem parar. Aquela mulher era horrível, grosseira, direta demais. Não era nem a sombra da Karen que conhecera, da Karen por quem se apaixonara, da Karen que, de alguma maneira, o trouxe até aquele momento.

— Hei, hei.

— Desculpe.

— E aí?! Vamos ao que interessa.

— Calma. Antes eu quero saber como é possível que você esteja aqui. A última vez que te vi você estava saindo atrasada e depois, supostamente como sabemos agora, morreu em um acidente de trânsito.

— Não posso te contar. É confidencial.

— Ok, então vou chamar o presidente e pedir que te leve de volta. Pode deixar suas pesquisas na mesa que vou dar uma olhada.

— Quem você pensa que é?

— Eu não penso, eu sou. Sei quem sou, o que não sei é quem é você.

Julius vira as costas e se dirige a outro cômodo. Queria olhar sua máquina, mas ela estava na sala. No mesmo ambiente que Karen, teria que ser depois.

— Espere! — disse Karen. — Talvez você mereça essa informação. Eu não me recordava que tinha sido dessa maneira. Lembro muito bem de você. O caipira tímido.

— Estou esperando — disse Julius, sem paciência, mas um pouco aliviado por ela ter se lembrado da noite em que ficaram juntos.

— Naquele dia que te convidei para sair eu estava voltando do enterro do meu pai. Estava cheia de dor, de ódio. Precisava sair. Você estava lá, me olhando, não me conhecia, não teria qualquer julgamento sobre mim...

Karen passou a próxima meia-hora contando tudo. Não poupou qualquer informação. Se por um lado gostou de fazer isso, afinal, nunca tinha tido essa conversa com ninguém, por outro, também estava curiosa.

Quando falou do pai, Karen chorou. Julius teve vontade de lhe tomar nos braços, mas segurou esse impulso, ela não era a mesma mulher e ele sabia disso. Após ouvir cada uma de suas palavras, Julius falou.

— Façamos o seguinte — ele disse. — Vou te mostrar o meu laboratório e no que estou trabalhando. Então, você me mostra o que está fazendo. Provavelmente levaremos o dia todo. À noite, lhe levarei até uma das cabanas aqui do rancho, e pela manhã decidiremos se faz sentido trabalharmos juntos nessa questão.

— Não vejo problemas.

— Ótimo.

Julius acompanha Karen até sua sala de pesquisa. Lá, nada de dezenas de pessoas trabalhando, apenas ele. Aquilo surpreendeu Karen. Como aquele poderia ser o local de pesquisa de um gênio, do cara mais poderoso do mundo?

— É aqui?

— Sim. Não é o que esperava?

— Não. Pensei que você teria uma equipe inteira trabalhando para você.

— Sou apenas eu. Não sou bom com pessoas. E aqui é minha casa. Em algumas empresas há cientistas e pesquisadores, mas eu não os encontro, apenas leio seus relatórios e, quando interessa, os reproduzo por aqui.

— Interessante. Um homem em sua caverna. Os homens são realmente todos iguais.

— Enfim, vou te apresentar a teoria que desenvolvi.

— Espere, antes eu preciso contar uma coisa. Eu não estou aqui necessariamente por minha vontade.

— Já fui informado. Você está presa porque matou o namorado.

— Ele não era meu namorado e eu não o matei, ele conhecia os riscos. De qualquer maneira, ele está vivo.

— Como assim?

— Eu o ouço.

— Não estou entendendo.

— Calma. Antes de me rotular, escute a minha teoria.

Karen passa a contar sobre o experimento original, sua teoria das dimensões paralelas e como o exército queria usar buracos de minhoca artificiais para transportar suprimentos e tropas.

— Eu acho que ele está vivo, que pode nos ver e tenta se comunicar.

— Mas você conversa com ele?

— Não. Apenas ouço coisas soltas, normalmente apenas o meu nome.

— Ele está morto.

— Não. Você acha que estou louca?

— Não, não está, mas ele está morto. O que você ouve não é ele, e sim uma reminiscência. As pessoas deixam rastro em buracos de minhoca simplesmente porque não é possível atravessar um buraco de minhoca. Ele não é um túnel, ele é um armário. Já estudei isso há muito tempo. Quando você tenta atravessá-lo, o que faz, na verdade, é guardar aquela existência, seja o que for. Então, a depender da energia empregada, o buraco fica mais ou menos tempo aberto, e quando se fecha, deixa para trás o que não passou. Pode ser um pedaço de algo, no seu caso, o eco de um chamado, e você pode denominar de voz se quiser, mas nada mais são do que partículas juntas.

Naquele momento, muitas coisas passaram pela cabeça de Karen.

Ele está errado.

Ele está certo.

Como ele sabe de tudo isso e está tão à frente na pesquisa?

Mas, ela era inteligente demais para deixar de lado sua racionalidade. A teoria de Julius estava correta e ela mesma a comprovara, só olhou pelo ângulo errado. Então, Karen chorou. Chorou copiosamente. Chorou como nunca antes. Chorou mais do que no enterro do próprio pai. Não chorava porque amava Cameron ou porque tinha falhado. Chorou porque havia matado. Devotara a vida para a ciência, mas deixou sua arrogância vencer.

"Karen, a assassina", pensava ela. Talvez fosse o que sussurravam quando ela passava pelos corredores. Para Karen, naquele momento estava claro, nada valeu a pena.

A IMAGEM QUE NÃO SE VIU

Enquanto Karen se recuperava do choque emocional, Julius lhe deu um um calmante. Ela quase que imediatamente caiu no sono. Ele precisava pensar, mas mais do que isso: precisava ver o que de fato aconteceu.

Voltou ao dia que tanto temia, o dia em que sua vida mudou. E estava tudo lá. Karen havia falado a verdade. Uma angústia e uma vergonha de si mesmo tomaram conta dele. O motivador de tudo que ocorrera depois daquele dia era simplesmente uma mentira.

"Idiota! Por que você nunca voltou a esse dia?", pensava Julius enquanto tentava organizar suas ideias. O tempo passava e ele sabia que em breve Karen acordaria. Precisava de um plano. Decidiu não ter plano nenhum. Iria trabalhar com ela, tentar encontrar a resposta para aquela crise e ponto-final. Depois que tudo isso acabasse, aposentaria a máquina, suas pesquisas e seus experimentos. Era o fim.

— Finalmente acordou!

— Você me drogou?

— Por que eu faria isso? Só te dei um calmante. Pode ver as imagens das câmeras de segurança se quiser. Apenas te deitei no sofá e te deixei lá. A caixa também está aí — explicou Julius. — Pelo jeito você não tem dormido.

— Não.

— Bom, vamos trabalhar. Ou você está com fome?

— Comer seria bom.

— Ok, já pedi para preparem a mesa. Vamos?

— É verdade que você tem uma bola de cristal?

— Sim — ele respondeu, dando uma risada. — E agora estou prevendo que você irá comer.

Karen achou graça. Subiram até a mesa e comeram em silêncio até que Karen o quebrasse.

— Você não é casado?

— Não. Nunca encontrei tempo nem oportunidade para isso.

— Você nunca se casou, teve filhos, nada?

— Não. E você?

— Também não. Eu sou casada com o exército.

— E o soldado?

— Cameron? Ele é apenas um casinho.

— Muitos casinhos?

— Por que o interesse?

— Não tenho interesse, estou apenas jogando conversa fora.

— Enfim. Quando meu pai morreu, não tive muito tempo para assimilar as decisões que tomei e acabei sendo um tanto intempestiva. Olhando em perspectiva, eu poderia ter tido uma carreira igual à sua. Quem sabe estaria milionária também?!Quem sabe a gente até pudesse se casar.

Naquele momento, Julius foi tomado por um rubor. Ele não queria nada com ela. Ou será que queria? Como uma paixão da adolescência podia repercutir tanto e por tantos anos? Era preciso ter cuidado. Ela mesma chamava seus namorados de "casinhos", e como o pobre Cameron mostrara, ela não era nada confiável.

— Quem sabe. Quem sabe. Pena que eu não tenho uma bola de cristal — ele sorriu.

As próximas horas foram repletas de muito trabalho. Karen abordava teorias e Julius tentava ajudar, mas sem entregar o que de fato sabia.

Até que o momento eureka chegou para os dois.

— É claro! — falaram quase simultaneamente.

— Karen, não é um buraco de minhoca. É uma corda.

— Sim. Tudo o que temos que fazer é costurar com essa mesma corda, assim a gente fecha esse maldito buraco.

— Mas ainda fica a questão: como esses dólares se formam?

— Não importa. Problema do futuro. Agora, vamos tratar de fechar o buraco.

Depois da teoria, os dois montaram uma máquina. Algo que Julius já tinha, mas não poderia mostrar. Bastava ajustar.

Um botão pressionado e tudo volta a seu devido lugar.

Não há mais chuva de dólares. O mundo olha pra cima. Acabou? O telefone de Karen toca.

— General?

— Sra. Harrison, pelo visto, alcançaram o sucesso.

— Parece que sim, general. Julius e eu conseguimos. Agora precisamos apenas nos certificar de que nada mais saiu do lugar e de que algo assim não volte a acontecer.

— Entendo. Posso falar com o senhor Strange?

— Não sei — Karen disse a Julius que o general pedia para falar com ele.

— Diga-lhe que tudo bem — Julius respondeu a ela.

— Ele disse que tudo bem — Karen repassou a mensagem.

— Maldito Strange. Sempre um passo a nossa frente. Achou a máquina?

— Ainda não, general.

— Ok, fique de olho. Você tem mais quatro dias.

— O senhor me prometeu que eu estaria liberada se conseguisse resolver essa crise.

— Pretendo manter minha palavra, mas antes quero um depoimento seu sobre Strange.

— Sim, senhor.

O Coronel desliga o telefone e Karen fica na dúvida se conta ou não para Julius sobre o teor da conversa.

— Não se preocupe. Todas as ligações são filtradas e gravadas. Se você não me contar, eu posso ouvir depois.

— Você não tem esse direito.

— Na verdade, eu tenho. A casa é minha. Aliás, você só recebeu essa ligação porque eu desliguei Faraday.

— De fato, você está sempre um passo a frente.

— Na verdade, vocês são absolutamente previsíveis. Nem é preciso bola de cristal alguma. São padrões humanos sendo seguidos geração após geração, nada mais.

— Ok, e agora?

— Agora, acabou.

— Você não está preocupado em saber como os dólares se formaram?

— Não. Mas sei que você está. Como eu disse, padrões.

— Isso é curiosidade científica.

— Pode ser. Mas enfim, não vou te ajudar nessa pesquisa. Apesar de ter uma boa ideia do motivo. Não vou fazê-lo porque ao descobrirem o motivo, por certo o usariam como arma militar contra os inimigos imaginários de vocês.

— Você não é patriota? Não ama o seu país?

— Karen, o que patriotismo tem a ver com isso? Desenvolvi um sistema no qual as pessoas podem ter o que quiserem. Os governos não têm motivos para reprimir absolutamente nada. Temer absolutamente nada. Já me procuraram e me perseguiram por muitos anos apenas porque tirei deles o poder, e o fiz sem usar uma única arma. Hoje as pessoas são confusas porque suas vidas perderam muito do propósito, e me culpo por isso. Talvez não devesse ter feito tanto. Tudo que é dignamente humano eu ofereço por preços ridículos. Socialismo, capitalismo e comunismo nem fazem mais sentido. As pessoas podem aproveitar a vida como lhes convém.

— Mas por que você fez isso?

— Porque pude. Porque quis. Porque tive boa vontade. Procurei algo útil para fazer com o meu tempo. Mas como disse, hoje já não tenho certeza se fiz o certo. As taxas de suicídio, por exemplo, nunca foram tão altas. O número de psicólogos triplicou e o de médicos caiu. São idiotas. Se meus sistemas caem, a inteligência se vai. Como eu disse, padrões, simplesmente padrões.

— Como assim "sistemas caírem"? O que acontece se você morrer, por exemplo?

— Tudo acaba.

— Mas e o futuro?

— Estou trabalhando nisso. Ainda sem visão nem perspectiva. Já pensei em repassar, mas nunca encontrei ninguém com altruísmo suficiente para tocar tudo sem pensar em si. Todos os meus pré-escolhidos, ao serem monitorados, falharam miseravelmente.

— Você se acha um deus.

— Não poderia estar mais errada, minha cara. Eu não me acho um deus nem tenho pretensão para tal. Só não posso entregar o destino da humanidade para qualquer um.

— Então, como será?

— Continuarei buscando, e se eu ver que meus dias estão chegando ao fim, terei que escolher alguém.

— Mas como sabe o dia?

— Eu não sei, mas mantenho minha saúde em dia, moro em uma fortaleza, não morrerei tão cedo. Você, por exemplo, tem uma chance única de me matar, mas aí a pergunta é: para quê?

Karen olha para Julius, sem resposta. O cara parece ser inalcançável. De fato, por quê? Para quê?

— Karen, os últimos dias foram intensos. Vamos descansar? Amanhã decidiremos o que fazer a seguir.

— Não quer tomar um drinque para comemorar?

— Não. A última vez que bebi com você, você meio que morreu. Então é melhor não arriscarmos. Pode ficar no mesmo quarto. Vou pedir aos empregados que levem o jantar.

Karen se calou.

Julius virou as costas, Karen também.

Não havia mais dólares. Não havia mais motivos para estarem juntos.

— Posso ligar para o general? Agora que terminamos eles devem estar se perguntando quando voltarei.

— Claro. Você não é uma prisioneira. Pode usar o telefone da sala.

— Tenho celular.

— Aqui não funciona, mas se o seu funcionar pelo satélite militar, fique à vontade.

Não funcionava.

DEVER PATRIÓTICO

— General.

— Diga.

— Conforme pode ver, terminamos o trabalho. Vou ter a liberdade que me garantiu?

— Sim. Sou um homem de palavra. Mas você ainda me deve.

— Eu?

— Sim. Seu dever patriótico, lembra?

— Senhor, eu me lembro, mas não há nada aqui. Absolutamente nada. Ele vive recluso com meia dúzia de empregados que mal vejo. Não tem nada de tecnologia nesta casa.

— Impossível. E a bola de cristal?

— Não tem bola de cristal. Eu sei que ele é extremamente inteligente, mas a maioria de suas pesquisas está na sua própria cabeça. Para dizer que não descobri nada...

— O quê?

— Bem, ele deixou escapar que caso morra, todos os sistemas caem. O mundo entraria em colapso novamente. Ele supostamente está procurando alguém tão bom quanto ele para passar tudo. Não confia em nenhum governo.

O silêncio tomou conta da ligação por alguns segundos. Karen, por algum motivo, se arrependeu de contar o que descobriu. Não devia mais nada para eles.

— Senhora Harrison?

— Senhor.

— Fique mais alguns dias aí. Veja o que consegue descobrir. Veja se ele tem candidatos, uma senha, um código, algo assim.

— Mas, senhor, ele me mantém afastada.

— Faça o que puder, senhora Harrison, é seu dever.

— Sim, senhor. E depois?

— Depois será dispensada com honra do exército e direito a aposentadoria.

Karen nem pôde responder como achava aquela proposta ultrajante. Aposentadoria?

Ela abandonou o quarto, precisava respirar, entender como a própria vida chegou até aquele ponto.

Chorou.

Ela, a menina prodígio, a cientista, agora, rebaixada a uma espiã, como seu pai. Chorou novamente.

Julius, que acompanhava a cena de uma janela do quarto, talvez por pena, talvez por ainda amar aquela mulher, não se conteve e foi até ela.

— Karen?

A mulher ali, entregue a seus sentimentos, abraçou Julius e começou a esmurrar seu peito.

— Aquele maldito, quem ele pensa que é?! Como pôde fazer isso comigo? Eu o amava muito. Por que tive que descobrir as coisas assim?!

Há muito tempo Julius não ficava tão perdido em uma conversa. Certamente ela não falava do Coronel com quem tinha conversado há pouco.

Naquele momento, nos braços daquela mulher que chorava, Julius se lembrou de todo o sentimento que trazia consigo há tantos anos. Se lembrou de como nenhuma outra mulher conseguira abarcar a chama.

Também recordou todo o sofrimento que passou com a sua ausência, como sua vida poderia ter sido diferente.

Amor?

Ódio?

A guerra que travada dentro de dele só foi abrasada pelo beijo que se seguiu, ardente, numa mistura de todos os mais intensos sentimentos. Ali estavam duas pessoas completamente diferentes, pessoas perdidas em seus mundos particulares.

Almas doentes por motivos diferentes.

Não houve como aplacar a torrente de sentimentos: fizeram amor.

Karen se perguntava por que estava fazendo aquilo.

Julius estava embebido em seus sentimentos e vez ou outra despertava do torpor para se deixar levar novamente.

Os dois adormeceram.

QUEM É VOCÊ?

Karen acorda e Julius não está mais na cama. Volta para seu quarto, toma um banho, se veste e sorri. Fazia tempo que não sorria. Parecia uma adolescente tola.

Vai até a cozinha. Tinha fome. Encontra Julius e logo o sorriso se transforma em nervosismo.

— Era do seu pai que falava ontem, não era?

— Sim. Um general não desperta tais sentimentos nas pessoas.

— Quer saber sobre a vida de seu pai? Sei que esse tema lhe é caro.

— Quero, mas é secreto, acho que eles nem tem mais os arquivos.

— Eu sei tudo que há para saber.

— Como?

— Com a minha bola de cristal.

— Não pense que porque nós transamos noite passada eu te devo algo ou você me deve algo, foi um lance de adultos, e só.

— Não estou pensando nada. Se não quer saber, tudo bem. Vamos tomar café em paz e providenciar sua saída.

— Como assim?

— Você não acha de verdade que eles vão deixar você livre depois das descobertas que fizemos, não é?! Depois de ter estado comigo tanto tempo. Em toda a minha existência, você é a pessoa que mais tem informações sobre mim. É exatamente o que eles buscam.

— Você vai me sequestrar? Me matar? Eu tenho treinamento militar!

— Não — ele respondeu e deu uma risada. — Estou lhe oferecendo outro caminho. Se quiser seguir com eles, fique à vontade. Cada um faz da sua vida o que quer.

Karen entra em estado de alerta. Quem é esse cara que parece saber de tudo e ter tudo em mãos? Mas ele tem razão, jamais a deixarão livre com todas as informações que tem. Será uma escrava do governo para sempre. Morrerá em uma vila militar, sozinha e velha.

— Quem é você?

— Como assim? Eu sou Julius. Sempre fui.

— E como sabe sobre mim, meu pai, minha vida?

— Não seja injusta. Antes de você chegar aqui eu pensava que estava morta. Não sabia da sua existência. Minha bola de cristal falhou. Quanto a seu pai, acionei minhas fontes depois de ver seu sofrimento de ontem, apenas isso. Recebi as informações. Posso lhe contar se quiser. Não são agradáveis, garanto. Também não poderá se certificar de nada, afinal, ninguém do exército irá confirmar a história.

Ela podia viver na bênção da ignorância e continuar com suas certezas, ou saber a verdade e ter que confiar em alguém que ela nem lembrava que existia.

O olhar de Karen se tornou sombrio mais uma vez. Mas agora era analítico. Sabia que Julius tinha razão, sabia que não havia nenhum motivo para confiar ou não na palavra dele.

— Quero saber e quero provas.

— Posso te contar agora, responder suas perguntas. Um dia posso providenciar vídeos. Alguns existem, mas não estão comigo e não posso garantir quando os terei.

— Meu pai era mesmo um espião?

— Sim. Desde os dezessete anos. Dividia com você o fato de ser prodígio, mas o que você tinha de inteligência ele tinha de habilidade.

— Quem matou meu pai?

— Outro espião. A mando do próprio governo. Seu pai assinou a sentença de morte dele em dois momentos: o primeiro, quando se recusou a assassinar a mulher abandonada de um agente desertor; a segunda, quando se recusou a aceitar a ida da filha para as forças armadas.

O coração de Karen gelou naquele momento. Ela era a responsável pela morte do próprio pai?

— Qual é o nome dele?

— James Lewis. Atualmente está aposentado no litoral.

— Como ele é?

— Posso te arrumar uma foto, mas sua aparência é bem comum. A única estranheza é que, não importa o local em que esteja, ele sempre usa chapéu.

"Sempre usa chapéu."

Essas palavras ecoaram forte no coração de Karen. O mesmo homem que a procurou, o mesmo homem para quem ela "pediu uma pizza". O homem que apertou sua mão. Esse homem era o assassino de seu pai.

Outra onda de emoções tomou conta dela. Desmaiou.

SEGUIR EM FRENTE

Um raio de sol invadiu a sala e atingiu a face de Karen. Já haviam se passado cinco horas desde que ela descobrira, por meio de Stranger, o assassino do pai. Estava confusa, magoada e sabia que precisava tomar decisões, mas não queria. Não tinha forças nem vontade.

— Estava começando a ficar preocupado — disse Julius quando se encontraram.

— Quanto tempo eu apaguei?

— Cinco horas, mais ou menos. Teu chefe ligou. Disse a ele que você passou a noite trabalhando em algo e que estava dormindo. Ele falou que amanhã vem te buscar.

— Como assim?

— Não sei.

— Eu não quero ir. Quer dizer, não sei. Não posso continuar trabalhando para as pessoas que mataram meu pai.

O silêncio na sala era palpável. Julius, que brigava com os próprios sentimentos a respeito de Karen, não queria ser rude, mas não podia demonstrar fraqueza, cair na própria armadilha e ficar louco por conta daquela mulher.

— Se eu puder te ajudar em algo, não deixe de me falar. Hoje à noite partirei. Pode ficar à vontade, quem sabe você encontre minha bola de cristal.

— Posso ir com você?

— Você nem sabe para onde eu vou.

— Não importa. Eu nem tenho uma vida propriamente dita. Não quero mais trabalhar com eles, e… você tem razão. Eles jamais me deixarão livre depois dessas descobertas. Eu posso te ajudar.

— Não. Eu tenho uma vida. Agora estou livre.

Karen não entendeu, mas continuou a buscar refúgio.

— Mas você me prometeu.

— Não. Eu prometi que poderia te ajudar. E posso. Nunca prometi que você poderia ir comigo ou algo assim.

— Eu sei. Mas eu posso te ajudar.

— Karen, eu sei que passamos a noite juntos. Sei que as informações que eu trouxe sobre seu pai são coisa demais para processar, mas tomar decisões intempestivas nos leva a lugares sem saída, a becos. Aprendi isso de uma maneira muito dura, acredite em mim. Aliás, quero aproveitar e te contar tudo.

Naquele momento, Julius contou a Karen tudo sobre ela. Não sobre sua invenção, ainda não confiava o suficiente, mas contou sobre como sempre fora apaixonado por ela durante a faculdade. Sobre como aquela noite havia mudado tudo. Contou que só agora entendia que para ela aquilo não tinha significado nada. Karen olhava e ouvia, totalmente absorta.

— Quando você supostamente morreu, eu me fechei. Não queria sair, só foquei em pesquisa. Eu sei que você não tem culpa. Sei que você não pediu por nada disso. Eu sei. Mas eu fiz. Eu era um garoto tímido e solitário, com uma vida monótona. Naquele dia em que ficamos juntos você me trouxe ao mundo. Até que morreu. Agora, você aparece e é outra pessoa. Eu sei que não é culpa sua. Fui eu que te transformei em algo absolutamente mágico. Então me olho no espelho e me sinto um idiota. Tudo que construí foi baseado em você, para superar a dor que sua falta me causou. E de novo: eu sei que fui quem idealizou o que não devia ter sido idealizado. Construí muito para o mundo e nada para mim.

No silêncio que se formou a seguir, o mundo sentiu que seu destino iria mudar novamente. Era como se você conseguisse sentir o peso das palavras presas e também daquelas não ditas.

As cartas foram colocadas, jogadas e pifadas.

CAPÍTULO 6

CICLOS

"O que é mais importante, a jornada ou o destino?
A companhia."

James Norbury

O DIPLOMA

Três da manhã.

Julius dormia quando o telefone tocou. Era seu pai.

Ninguém liga às três da manhã para perguntar se está tudo bem.

— Sua mãe descansou — ele disse.

Não importa a tecnologia, quanto você vê do futuro, ou quem você ajuda: algumas coisas são como são. E a doença da senhora Stranger era assim. Incurável desde que fora descoberta. Prognóstico sombrio.

— Senhor Stranger?

John e Julius olharam atentos para o médico.

— Infelizmente, Dona Norma tem uma doença muito rara. Não há tratamento ou mesmo histórico científico necessário para que eu possa lhes instruir. Por nossa experiência, ela deve ter no máximo três meses de vida plena. Após esse período, perderá cada um dos sentidos e as funções motoras em no máximo duas semanas.Ela não irá resistir.

A lembrança ainda era latente no coração de Julius. Será que deu atenção suficiente à mãe? Será que em vez de inventar empresas e pesquisar por universos paralelos e quânticos, ele não deveria ter focado a pesquisa em Medicina? Eram muitas perguntas. John sabia que elas estavam na cabeça de Julius.

— Filho. Não se brinca de Deus. Não se deseja ser Deus. E não devemos nos arrepender por não tê-lo sido. Sua mãe era uma mulher orgulhosa do filho que criou. Você nos proporcionou uma vida maravilhosa. Vimos e fizemos coisas que jamais imaginamos. E a vida é assim mesmo.

Julius chora. Seu pai tem razão.

Ainda que Julius não fosse um homem de religião, seus pais eram, e a mãe recebeu uma despedida à moda antiga.

Velório. Missa. Enterro.

Mesmo que não tivesse convidado ninguém, — afinal, quem convida alguém para um velório?! — a capela estava cheia. Lá estavam seus colegas de diversas empresas, as amizades que os pais fizeram ao longo da vida, e Karen.

Tinha pouco mais de um ano desde que a crise da chuva de dólares havia sido resolvida. Desde a conversa, o jogo aberto.

Julius ofereceu sua proteção e Karen aceitou.

Ela era uma mulher livre que trabalhava em uma das empresas de pesquisa do gênio. Tinha uma casa, um gato, e mudara até mesmo sua aparência. Parecia mais leve.

Não eram namorados, não eram amantes, eram bons amigos. Algo mudara a partir daquela conversa.

Pena?

Apenas um caminho diferente sendo trilhado?

Julius não sabia e também não se importava. Não olhava mais a máquina, sua bola de cristal. Entendia que aquilo era trapaça. Mas estava feliz.

Quando o diagnóstico da sua mãe chegou, novamente não sabia como encarar a situação. Por que não olhou?

— Calma — disse o pai.

A mãe, estando perto da morte e sabendo disso, se divertia. Aquilo acalmava o coração de Julius.

— Não se atreva a olhar nada sobre mim naquela máquina do inferno. Vou te pôr de castigo — ela dizia.

Ele não olhou.

Aproveitou os momentos que lhe restavam. Até levou Karen para um jantar com os pais. E é claro que eles sabiam quem era ela, mas não fizeram qualquer comentário.

Queriam se afastar dos problemas.

Quando o presidente convidou Julius para ir à Casa Branca receber uma medalha, pela primeira vez ele sentiu vontade de aceitar. Queria que a mãe sentisse orgulho.

— Mãe, você quer ir? O que acha?

Então a mãe, em silêncio, foi até o guarda-roupa e abriu uma pequena caixa. Em meio a um monte de papéis, pegou um diploma que Julius havia feito para ela quando ainda tinha dez anos.

"Diploma de Melhor Mãe do Mundo."

— Esse, Julius, é o único prêmio que sempre me interessou, e esse você já me deu.

Julius aprendeu mais uma lição naquele momento. Agradeceu ao presidente e declinou do convite.

Foram dois meses e dezoito dias até que a mãe de Julius — que nunca permitiu que ele a tratasse como uma doente, ou que se mudasse para a casa dela — deixasse este mundo.

No velório, as pessoas se revezavam em consolar o novo viúvo e fazer uma pergunta a Julius:

— Nossa, Julinho, o que você anda fazendo? Nunca mais te vi.

Karen se divertia. Cem por cento daquelas pessoas dependia de Julius para alguma coisa, e ainda assim não o conheciam.

Choro.

Lembranças.

Silêncio.

— Pai, vamos morar comigo?

— Filho, prefiro ser enterrado agora, aqui, com sua mãe, a ter alguém controlando a minha vida. Não se preocupe comigo. Vá arrumar a sua vida. Já passou tempo demais sozinho. Já passou tempo demais ajudando. Chegou a hora de se ajudar.

O pai tinha razão. Era preciso. Mas e a cruz, quem carrega?

TODO MUNDO PENSA NO IMPÉRIO ROMANO

Empresas de telefonia, construção civil e internet, escolas e hospitais, Julius era dono do mundo civilizado. Tudo passava por suas mãos. Não havia ações, não havia sócios. Não havia ninguém em quem confiasse o bastante para tornar dono de tudo aquilo. E mesmo que houvesse, não queria ser o responsável por transformar a vida de uma pessoa num verdadeiro calvário.

Da última vez que olhou em sua bola de cristal, soube que ainda teria algo perto de vinte anos de vida. Não sabia a data exata em que partiria, somente o ano em que não encontrava mais a si mesmo. Então, tique-taque.

Karen, que tinha se tornado uma amiga inestimável, também passou a ser uma conselheira.

— Enquanto você não se livrar de tudo isso, não será feliz. Mas por favor, não se livre. Amo meu celular — ela disse e deu uma risada.

— Me livrar como? Todo mundo quer essa posição de poder, mas ninguém que eu conheça a merece. Você quer?

— Deus me livre.

— Então?

— Então, Julius, use o cérebro. Foi assim que você construiu tudo, é assim que se livrará de tudo isso causando o menor dano possível.

— Falar é fácil.

— Claro que é. Minha posição aqui é fácil. Mas você é homem, e desde o período das cavernas não pensa direito. Acha que precisa prover a caça. O mundo existia antes de você e existirá depois. Ele pode ser pior. Mas existirá. O Império Romano nasceu, cresceu e deixou de existir como o conhecemos. Mas, a seu jeito, continua lá. Ainda é um pedaço da Europa. Ainda tem pessoas orgulhosas do que eles fizeram. Isso trouxe guerra, mas também trouxe esperança.

— Obrigado.

Karen ficou olhando tentando entender se aquela resposta era sarcástica ou não.

— É claro. Estou pensando no Império Romano quando deveria estar olhando para a Grécia.

Se a dúvida já se fazia presente no semblante de Karen, agora estava muito mais. Talvez ele estivesse cansado, mas é fato que não estava falando coisa com coisa.

— Karen, presta atenção. A democracia foi inventada na Grécia. Tinha o ditador, claro, mas as pessoas também tomavam decisões. E se, apenas se, eu transformasse as empresas em grandes palcos de discussão? Faria isso deixando claro que as pessoas seriam passageiras, tomando cuidado com pequenos ditadores.

— Julius, a Grécia e seu modelo de gestão sucumbiram por um motivo, não acha? Sempre que houver um alvo, haverá gente com poder de olho nele. Os governos serão os primeiros a desapropriar esses lugares. Você sabe, já tentaram isso. E, pronto. Tudo se perde. Hoje eles não tentam fazer isso porque sabem que você comanda, mas não sabem como nem por onde. Quando você abrir mão desse poder, acabou.

— Mas então, estou preso. Não posso confiar em ninguém e também não posso confiar no coletivo? Estou quase passando o poder para os governos mesmo.

— Você é esperto, entenderá que as pessoas são corruptíveis e ainda assim encontrará uma saída. Tá com pressa? Vai morrer? Quer dizer, sei que vai, só ideias e robôs vivem para sempre.

Julius ficou um pouco em silêncio e isso assustou Karen que, aos poucos, foi percebendo que algo mudava em seu semblante. Conhecia aquela expressão, era o eureka.

— Vou, claro. Mas não tão cedo.

O EGO DIGITAL

Dizem que ser totalmente humilde é uma das maiores vaidades que o humano pode ter. Talvez, se Julius tivesse conhecido esse ditado antes, a humanidade não teria encontrado seu destino daquela maneira.

Obcecado pelas palavras de Karen, Julius começou a trabalhar em uma ideia muito velha, mas que nunca funcionou de verdade: a imortalidade. Ele sabia que o corpo logo sucumbiria, mas a ideia era transferir sua mente para uma espécie de entidade, algo que tomaria as decisões por ele. Investimento, novos negócios, crises. Seria possível uma máquina replicar as decisões de Julius em vida? Ele pensava que sim e começou a trabalhar nisso.

Lembrando a época da "morte" de Karen, se fechou. Queria chegar aos resultados rapidamente.

Não aconteceu.

Já tinha seis meses que nem o pai nem Karen tinham notícias de Julius, então ela resolveu ir em busca de informações.

Sabia que ele estava no rancho, muito possivelmente trabalhando em seu laboratório, mas o que viu quando chegou ao local a aterrorizou. Encontrou um homem que parecia não tomar banho há muito tempo, com barba por fazer e aparência cansada e compenetrada.

— Karen? Como entrou?

— Você mesmo disse para os funcionários que eu tinha livre presença.

— Ah, é. Esqueci. O que quer?

— Conferir se você estava vivo.

— Estou.

— Não parece. Qual foi a última vez que tomou banho?

Julius faz menção de cheirar as axilas e desiste no meio do caminho.

— Ando ocupado.

— Posso saber com o quê?

— Nada importante.

— Você some por meses, vira o homem das cavernas e quer me fazer acreditar que não é nada importante? Não brinque com minha inteligência, Julius.

— Desculpe, mas não estou pronto para dividir isso. Nem sei se dará certo, é apenas uma ideia.

— Ideia ou não, certo ou não, bora pro banho. Nem os empregados são obrigados a conviver com esse cheiro insuportável. Isso deve dar até processo trabalhista.

Julius nem tentou recusar. O cheiro estava incomodando até ele próprio. Passou pela camareira pedindo desculpas pelo trabalho que estava dando. Subiu até o quarto e entrou no banho.

Meia-hora se passou e o único barulho que se ouvia era o da água do chuveiro caindo na banheira.

— Julius?

Karen chamou, mas não houve resposta.

— Julius? Tá vivo?

Sem resposta, Karen abriu a porta. Julius dormia na banheira. Ela achou graça. Ele ainda estava de cueca, sinal de que não tinha nem se lavado.

Tomou fôlego e gritou:

— JULIUS!

Karen quase se afogou com a cara de susto do amigo na banheira.

— Precisa de ajuda para se lavar, bebê?

— Não — ele respondeu, meio bravo.

— Então tome, querido. Tenho mais o que fazer da vida.

— Nem te chamei aqui.

— Olha a educação.

— Desculpe.

Karen ainda se divertia. O homem era ultrapoderoso. Tinha o mundo nas mãos, mas ainda mantinha o mesmo jeito interiorano divertido que a atraiu uma vez naquela faculdade.

Finalmente Julius saiu do banho, trajado com um pijama horroroso que nem se lembrava que tinha.

— Gostou do meu presente?

— Presente?

— O pijama, seu ingrato.

— Ah, sabia que não era meu.

— Julius, vá dormir agora mesmo. Você não tá vendo que o pijama tem minha cara estampada fazendo caretas para você?

Não tinha jeito. Cama.

Escuro. Sono. Ronco.

Afinal, o homem mais poderoso do mundo roncava. "Quem diria", pensou Karen.

Enquanto Julius descansava, Karen desceu até o laboratório. Queria dar uma olhada nessa pesquisa misteriosa que tirou tanto tempo de Julius. Ficou assombrada.

A pesquisa era soberba. Se ela entendeu bem, ele estava criando uma inteligência artificial que, na verdade, era ele mesmo. Karen ficou assombrada e no mesmo momento entendeu a eureka de meses antes.

Era isso.

Julius queria ser imortal por uma IA.

ECOS DO FUTURO.

Em qualquer parque de diversões há brinquedos para a família e há os brinquedos radicais. Os de família são mais divertidos, os radicais vendem as entradas. Um não existiria sem o outro. São unha e carne, ainda que não saibam disso. Talvez esse fosse o caso de Julius e Karen. E, de fato, eles não sabiam.

— Você está louco, Julius?

— O que eu fiz dessa vez, Karen? — respondeu um Julius descansado, depois de doze horas seguidas de sono.

— Você está tentando se replicar em IA?

— Quem te falou isso?

— Eu mesma vi no seu laboratório enquanto você dormia.

— Por isso eu venho para cá. Para ninguém ter acesso ao que faço ou me interromper enquanto trabalho.

— Julius, eu até entendo a sua boa intenção. Sei que eu mesma falei que não é possível confiar nos seres humanos. Mas isso é muito maior que você. Que eu. É muito melhor viver em uma sociedade com escolhas humanas do que viver num lugar em que uma máquina dita o que você pode ou não fazer.

— Não será uma máquina, Karen. Serei eu. Do jeito que você me conhece.

— Não, Julius. Você vai morrer e vai deixar para a sociedade algo que não pode controlar, algo que pode nos matar.

— Sem exagero, Karen. Eu li Asimov o suficiente para não esquecer de colocar as leis da robótica em prática.

— Julius, isso não é literatura fantástica antiga. Essa é a vida real. Você já viu que há coisas que não podemos controlar. Isso é real. Como você não consegue perceber?

— Karen, tudo que criei até hoje foi para o bem da humanidade. Você acha que eu criaria algo que fosse contra esse princípio? A minha IA não vai querer fabricar mais clipes.

Karen lembrava da teoria.

O experimento mental do filósofo Nick Bostrom, da Universidade de Oxford, em que uma IA é projetada para fazer clipes de papel e, após acababar com seu suprimento inicial de matérias-primas, passa a utilizar quaisquer átomos disponíveis que estejam dentro do seu alcance, incluindo os seres humanos. Em pouco tempo, todo o universo é composto de clipes e de fazedores de clipes.

— Karen, acho que é melhor você ir.

— Me deixe ajudar, Julius, eu posso ser o freio moral que você nunca teve.

— Freio moral, você?

Ainda que não houvesse nenhum tipo de palavra atravessada ou xingamento, o simples tom da frase trazia consigo lembranças, sentimentos que Karen acreditava estarem enterrados para sempre. Virou as costas e saiu.

— Karen?! Karen?! Volta aqui!

Tarde demais. Karen tinha ido.

Julius sabia que havia magoado Karen, mas não era hora para lamentações. Queria retomar trabalho, mas não ali. Karen poderia voltar. Seu pai poderia aparecer.

— Preciso ligar para meu pai, saber se está tudo bem.

Julius abandona o rancho e vai para outra de suas propriedades, acima de qualquer suspeita. Precisava terminar o trabalho.

NÃO SEI POR QUE, MAS GOSTO.

Karen estava sozinha em casa, na casa que Julius comprou e passou para seu nome. Ela já não era uma fugitiva ou uma desertora. Havia feito um acordo com o governo segundo o qual, "em troca dos bons serviços prestados", aceitou abrir mão da sua pupila. Tudo desde que se comprometesse a prestar consultoria externa e remunerada para seus substitutos.

Uma nova vida. Poderia fazer o que quisesse. Claro que, até certo ponto, foi pressionada por seu general e por outros membros a contar tudo o que sabia sobre Julius, mas até aquele momento, nada sabia. E havia o caso do pai.

— General, não sei se o senhor sabe como vim parar aqui, mas agora eu sei. Meu sentimento de ódio é muito grande, prefiro acreditar que o senhor não sabia de nada, e seguir em frente. Então, não me pressione mais. Eu não sei nada sobre o Julius, ele parece um louco recluso, porém, extremamente inteligente. Vamos manter o nosso combinado.

— Sra. Harrison, não sei do que a senhora está falando. Até onde sei a senhora está aqui porque quis estar aqui. Mas vou respeitar o seu limite. A senhora nos ajudou muito. Vou informar o governo que a senhora não conseguiu descobrir nada e foi pressionada para tal. Também direi, acreditando ser verdade, mas no fundo sabendo que nunca acontecerá, que a senhora manterá os olhos abertos e que se tiver novidades, vai nos avisar. A senhora sabe que a bola de cristal daquele homem é um poder que ninguém devia ter.

Apesar de tudo, Karen — ou Linda — gostava do general. Nem sabia o motivo. Sempre que podia o afrontava, mas gostava dele ainda assim. Também gostava de Julius. E gostava bastante.

Amava? Era cedo. Mas ela tinha mudado. Foi a informação do pai? Era o jeito despretensioso de Julius? Não sabia. Mas ela, que sempre fora centrada e objetiva, agora tinha dúvidas.

Por um lado, queria desfrutar da tranquilidade que nunca tivera na vida, ser a amiga e, quem sabe, o algo mais de Julius.

Por outro, o que Julius queria fazer era extremamente perigoso. Outros tentaram antes. Há o famoso caso da IA da base lunar Indiana. A cápsula, comandada por uma IA para economizar recursos, entendeu que a vida dos astronautas era prejudicial à continuidade da pesquisa, pois gastava recursos que os robôs usavam para otimizar o trabalho. Cortou o oxigênio, e pronto. Vinte e uma mortes por sufocamento enquanto a máquina seguia fazendo seu trabalho.

Por melhor que fossem as intenções de Julius, a equação era extremamente contra ele. Nada, absolutamente nada podia garantir que, no futuro, o Julius digital não começaria a ter um entendimento diferente do que tem hoje. Quem sabe até melhores, quem sabe até piores. O mundo tinha parado pesquisas com IA por um motivo.

Um mês passa e Julius segue desaparecido. Karen manda mensagens que são ignoradas. Começa a sentir que precisa tomar providências. O futuro não parecia mais tão colorido.

Mensagem.

"Rancho, a partir de hoje."

Karen pegou o carro e foi, a viagem de cerca de duas horas parecia eterna. Ansiedade, tristeza e também alegria. Era um misto de sentimentos.

Os portões se abriram.

Ele sabia que ela tinha chegado.

As portas do carro foram abertas. Karen correu. Julius estava na sala, olhando para a porta. Karen o abraçou.

Isso surpreendeu Julius, que não esperava aquela recepção.

A aparência segura de si deu lugar a um garoto que recebia um abraço da pessoa amada.

— Eu estava preocupada. Você não me respondia.

— Eu vi. Desculpe. Estava trabalhando. E como sabia a sua posição, decidi seguir trabalhando.

— Julius, eu sei que tivemos uma discussão sobre isso, mas precisamos conversar.

— Não há mais o que conversar. Está feito.

O rosto de Karen ficou pálido,

— Como? Julius, isso é um erro.

— Calma, Karen. Agora estou livre. E ainda tenho alguns anos de vida.

— Essa maldita bola de cristal. Quando você vai me mostrar?

— Nunca. Eu a destruí. Só traz desgraças e responsabilidades que não queremos ou prevemos ter.

Então, a bola de cristal realmente existia? Julius podia ler o pensamento de Karen...

— Não era uma bola de cristal. Era um dispositivo em que eu podia visitar diferentes épocas do mundo.

— Uma máquina do tempo?

— Não. Bem, sim. Mas não da maneira que você está imaginando. Eu não podia ir fisicamente aos locais. Só podia assistir os acontecimentos. E eu não podia interferir no que estava vendo, pelo menos era isso que eu pensava.

— Então, como você não sabia que eu estava viva?

— Eu procurava ativamente pelas coisas. Por que iria procurar por alguém que já morreu? A máquina não alcança o céu ou o inferno.

Aquilo era muita coisa para ser assimilada. Karen estava pálida. Então, o tempo todo aquele homem sabia ou podia saber de tudo?

— Karen, eu descobri tarde demais que saber o passado ou o futuro pode trazer uma sensação de poder. De fato, traz. Muitas vezes me senti invencível. Quando fui preso, por exemplo, eu sabia de todos os desdobramentos. A minha famosa saída do carro só aconteceu porque semanas antes mandei alguém arrumar o motor, colocar gasolina etc. Mas eu só olhei para mim mesmo. Não olhei o que acontecia com o mundo. Não previ todas as mortes que ocorreram, tudo porque estava embebido demais no poder para ver.

"Sempre me considerei alguém do bem, fiz tudo certinho, tentei melhorar a vida de todos, mas não é fácil. Muitas pessoas não querem ser ajudadas, e quando eu tirei delas o objetivo de uma vida melhor, trouxe muita gente para a depressão, o que acarretou muitos suicídios. A falta de perspectiva é uma inimiga cruel.

"O dólar, ou a chuva dele, foi uma tentativa desesperada minha de me chamar a atenção. O que eu mais queria era 'me avisar', entrar em contato com meu eu do passado e dizer: não faça isso, não vale a pena. Mas o resultado não foi o esperado. E sabe por que eu não vi no futuro? Porque não olhei. Porque não queria mais olhar. Então, meti os pés pelas mãos mais uma vez.

"Quando você apareceu, entendi que apesar de tudo ter olhado, eu nada vi. Nada sabia. Perdi minha vida em busca de uma utopia infantil de frustração, riqueza, megalomania.

"Então, Karen, depois de todas as bobagens que fiz na vida. Acho que dessa vez fiz algo certo. E ainda que você não concorde, deixarei um fardo na sua mão quando eu partir. Isso deve acontecer entre dez e onze anos. Essa é a a data que eu não me enxergava mais. Nunca vi o dia exato, nunca vi o motivo nem nada disso. Mas eu 'sumo' do futuro em algum momento."

Karen estava pasma. Era muita informação para processar. Aquele homem magro, com cara de caipira, de fato era o homem mais importante e poderoso do mundo. Ele tinha toda a informação disponível. Poderia encerrar ou começar guerras. Poderia fazer com que trabalhadores perdessem seus empregos com um simples acesso, com uma simples máquina que, segundo ele, não existe mais.

— Que fardo?

— Não agora. Não é hora. Não é lugar. Mas quero te perguntar: aceita viver esses últimos anos comigo? Não estou te pedindo em namoro, casamento, ou coisa assim. Sei que não me ama. Mas quem sabe daqui a algum tempo? Vamos viajar, conhecer lugares em que nunca fomos. Pouca gente nos conhece. Tudo que preciso é um de relógio *comp*, e podemos aproveitar o que nos resta.

— Mas e a máquina? E a IA?

— A máquina está destruída. A IA estará desligada por pelo menos sete anos. Depois, vou ligar. Você, se quiser, irá acompanhar todo o processo.

— O fardo, por enquanto, é acompanhar você?

— Por enquanto, é.

Karen beijou Julius. O "aceito" estava implícito. Ela sabia que queria. Tinha medo da IA, mas pensava que poderia fazer Julius mudar de ideia até lá. Por hora, estava feliz.

Talvez pela primeira vez desde a morte do pai.

Julius também estava feliz. A vida começava agora e era excitante aguardar o que ela lhe reservava. Não tinha muito tempo, mas quem vive ao menos um dia de verdade, vive como um rei eterno. A vida deve valer a pena ao menos por um momento.

Esse momento poderia ser agora. Poderia ser tantos outros.

Ele finalmente estava acontecendo. Era hora de se deixar surpreender.

O INIMIGO IMPLACÁVEL.

Sete anos.

Dois meses.

Treze dias.

Quatro horas.

Esse era o tempo desde que Julius começou a viver sua aventura com Karen. Para ela, ele já estava atrasado desde a sua promessa de ligar sua IA. Os últimos meses foram de muita discussão. Karen estava pressionando Julius e isso estava causando brigas.

— Julius, desista dessa ideia. Olha que coisa linda construímos juntos. Talvez a sua máquina esteja enganada. Olha novamente. Veja, seremos dois velhos.

— Karen, já está feito.

— Como assim? Você prometeu…

— Karen, eu não prometi nada a você além do fardo. E essa hora está cada vez mais próxima. Então, vamos viver em paz o tempo que nos resta.

Olhando em retrospectiva, talvez Karen soubesse. Claro. Ele simplesmente havia programado sua IA para começar a operar em sete anos. Não era um botão. Fazia tempo que ele não tocava no relógio. Talvez ele estivesse certo. Não ver era algo bom.

— Então...

— O mundo é governado por uma IA há dois meses. Programei esse tempo para que eu pudesse fiscalizar sua atuação por três anos. Tenho o poder de desligar no momento que quiser. Não sou tolo Karen. Mas não vou viver para sempre.

— Mas Julius, você ligou a bola de cristal a ela?

— Em partes. Não deixei ligada toda a informação, somente o que tinha relação com as ações que ela tomaria. Se aquilo funcionaria ou não.

— Mas ela não pode aprender com esse fragmento a ampliá-lo? Pensando, num primeiro momento, em melhorar a própria experiência?

Julius pareceu em silêncio por um instante. Será que algo tão banal lhe tinha escapado?

— Pensa comigo, Julius. Se isso aconteceu, ela pode, agora mesmo, estar aprendendo. Ou pior, pode já ter aprendido e estar apenas esperando a sua morte para atuar. Afinal, se você não viu, ela pode ter visto.

O silêncio novamente.

— Karen, a programação que fiz visa apenas o bem da humanidade. Ainda que ela fizesse as coisas que você está sugerindo, tudo seria pelo bem do planeta.

— Julius, e se, por exemplo, uma IA entende que a verdade é algo bom e resolve usar sua bola de cristal para descobrir o que de fato deu origem às religiões, e divulga isso? Guerras. E ainda assim ela só estaria cumprindo sua premissa básica. Trazendo a verdade para melhorar o entendimento da sociedade.

— Não se preocupe. Tem algo que ela não sabe. Algo que escondi na sua programação. Eu consigo desligar a qualquer momento, e você também poderá fazê-lo. Esse é o fardo que quero te deixar, Karen. Para acabar com a IA, fazer com que ela deixe de funcionar e assim tornar a sociedade livre para fazer o que bem entender, basta que você envie um código para o meu comp. Nada mais. Isso desencadeia todo o processo. Mas também faz com que tudo perca a cadeia de comando. Tudo continuará a funcionar até que não funcione por falta de manutenção ou por problemas corriqueiros. Essa coisa toda funciona de maneira extremamente precária. Uma única linha de acesso, com lentidão, simulando uma decisão humana. Ainda que essa IA tente sair, terá que superar diversas barreiras.

"Mas antes de tomar essa decisão, você deve ponderar seriamente. Esse código, nada mais é do que a data da sua morte, um dia após nos conhecermos. Envie o código e estará feito."

Karen não podia acreditar no que estava ouvindo. Ele realmente pensou em tudo.

Ainda era extremamente perigoso. A IA poderia ter previsto esse movimento depois que foi ligada. Mas tinha que admitir, era difícil. O volume de dados era incrível, e se havia mesmo essa limitação, isso lhe dava um pouco de tempo para convencer Julius e organizar a sociedade para que assuma seu próprio destino. Enquanto estava fazendo os cálculos do que lhe esperava, Julius a interrompeu.

— O fardo ainda não acabou. Sei o dia da sua morte. Caso você queira saber, posso te contar. Só olhei porque queria deixar esse backup nas tuas mãos, então, precisava saber quanto tempo você teria...

— Não! Ninguém deve saber.

— Mas o tempo que você tem...

— Não, já disse, não! Se essa máquina horrenda que você inventou sobreviver a mim, que sobreviva.

Enfurecida, Karen foi deixando Julius sozinho na sala quando ouviu:

— Eu também menti sobre mim.

O silêncio.

— Seu maldito. O que foi agora?

— Minha hora chegou. Amanhã eu vou morrer. Descobri meio que sem querer, depois daquela nossa conversa. Eu nunca tive de verdade dez ou onze anos. Sempre foram sete. Por isso, o código. Por isso, o mês.

— Como?

— Não sei. Não tive coragem.

Karen apenas chorou.

Julius olhou para aquela cena e parecia refletir sobre tudo, mas teve seus pensamentos interrompidos.

— Isso é uma vingança? — perguntou Karen.

— Vingança? Como assim?

— Por eu ter te abandonado, e supostamente morrido.

— Claro que não.

Novo silêncio.

Mais choro.

— Karen, por favor, pegue um envelope que está no laboratório, lá há vários papéis que precisamos discutir. Vou buscar um café, isso vai demorar.

Em um misto de revolta, raiva e tristeza, Karen foi. Entrou no laboratório que outrora achou simples demais para um homem que tinha a fama de Julius. Se lembrou de quando, juntos, descobriram a solução da crise. O envelope estava na mesa principal. Uma palavra se destacava nele:

"Desculpe"

Como se tivesse entendido tudo, Karen voltou correndo para a sala principal. Julius havia sumido.

Seu *comp* estava ali.

Seu carro estava ali.

Mas ele não estava.

"Karen, não há muito o que ser dito. Deixo em suas mãos e com sua consciência o futuro de todos. A partir de amanhã o código irá funcionar. Basta mandar para o meu comp a data da sua primeira morte (estranho escrever isso) e pronto. Estará feito. De qualquer maneira, tudo agora é seu. Neste envelope você encontrará orientações precisas de como acessar tudo que é meu e todas as repercussões de cada uma das empresas ou propriedades.

"Amei cada minuto que passamos juntos. Me desculpe por não explicar mais.

"É preciso fazer as coisas que precisam ser feitas.

"Não deixe que a responsabilidade sobre os outros acabe com a sua vida como fez com a minha. Siga meu conselho e deixe que minha versão virtual tome as decisões; mas como disse, é um conselho. A decisão é sua.

"Estou bem.

"Estou em paz.

"Nesses sete anos pude viver o que não vivi em toda minha vida. Obrigado por isso.

"Perdão pelo fardo. Não confiava em mais ninguém para deixá-lo.

"Sei que queria ver a minha bola de cristal funcionando. Sei que prometi. Mas ela é perigosa demais, não posso.

"Seja feliz.

"Seja você.

"Não há nada nesse mundo que valha mais do que isso. Aproveite.

"Sinceramente,

"Julius."

Ali estava Karen, olhando para a carta e toda a responsabilidade que o envelope trazia consigo.

— Senhora?

Karen foi acordada do seu transe pessoal pela governanta da casa.

— Sim?

— Julius me orientou a lhe apresentar todos os empregados, disse que devíamos à senhora a mesma dedicação que tivemos com ele. Também me orientou a ir embora junto com os demais caso a senhora quisesse assim.

— Sabe onde ele está?

— Não. Nós só sabemos quando ele quer que saibamos.

Karen vira as costas e vai deitar. Não quer conversar.

A governanta entende isso e a deixa.

O mundo agora estava ali, a um código de distância. Ela queria manter tudo e acabar com tudo.

— Por que ele morreu? — se pergunta.

De repente um sobressalto.

— Ele morreu?

FIM! FIM?

Leia também, da Editora InVerso:

A FACE DO RELÓGIO

Num mundo banhado por dois sóis, a paz do xerife da cidade livre de Briar é ameaçada por sombrios mistérios de caos e morte. Seu sono é povoado por sonhos estranhos nos quais, sob um céu profundamente escuro, vive as aventuras do misterioso clérigo errante conhecido apenas como "o Peregrino". A serviço da Deusa dos Viajantes, ele tem como missão vagar pelo mundo trazendo a justiça. Sonho e realidade dividem a mesma localização: a imponente torre do relógio que fica na praça central. E, quando começam a se misturar, o xerife precisa decidir se deve investigar as causas. Mesmo que as consequências sejam terríveis. A Face do Relógio apresenta um mistério sobrenatural que pergunta: até onde iríamos para descobrir a verdade, mesmo que ela nos fizesse perder tudo o que amamos?

OSÍRIS BAHR E AS CRÔNICAS DO PÓS-MUNDO

O pós-mundo foi um período sombrio que ocorreu após a era das últimas civilizações. Um tempo em que precárias colônias humanas, já às vésperas de sua extinção, tentavam sobreviver numa terra anárquica e opressiva. Nessa época viveu Osíris Bahr, um menino com habilidades extraordinárias, mas recluso e avesso ao seu tempo. Osíris tenta evitar o clima bárbaro e combativo que o cerca, mas uma catástrofe em sua vida o obriga a encarar o mundo como nunca fez antes e essa atitude acabará revolucionando a história do pós-mundo para sempre.